I0639616

www.ingramcontent.com/pod-product-compliance
Lightning Source LLC
Chambersburg PA
CBHW022142020726
47496CB00008B/2510

9 7 8 1 7 3 8 2 8 5 5 6 3

زینت

وحید ضرابی‌نسب

نشر آسمانا، تورنتو، کانادا

۱۴۰۳/۲۰۲۴

زینت

نویسنده: وحید ضرابی‌نسب

ناشر: آسمانا، تورنتو، کانادا

طرح جلد: محمد قائمی براساس عکسی از آنتوان سوریوگین Antoin
Sevruguin (به تاریخ اواخر قرن نوزدهم یا اوایل قرن بیستم)، کلکسیون
نلسون.

صفحه‌آرا: ایلیا اشرف

نوبت چاپ: اول، ۱۴۰۳/۲۰۲۴

شماره آی‌اس‌بی‌ان: ۹۷۸۱۷۳۸۲۸۵۵۶۳

آسمانا

زینـــــت

عاشقانه‌ای در نقطه‌ی صفر مرزی خیال و واقعیت

وحید ضرابی‌نسب

برای بهرام بیضایی
و نادر ابراهیمی

تقدیم به مِهرهای زندگی
همسرم و دخترم

صفر

راسته‌ی بازار همهمه‌ای راه افتاده بود. توی صف نان‌پزی خراسانی‌ها، حوضخانه‌ی مسجد مقبره، بارفروشی حاج رجبعلی، خشت‌مالی بختیار، پاتوق نوچه‌های حیدر، قرائت‌خانه‌ی امین‌الدوله، نفت‌فروشی ربیع، تجارت‌خانه‌ی کاشانچی، قصابی آقا سیدرضا، سلمانی نادری، عکاس‌خانه‌ی فتوگراف، بلورفروشی میرزا سلیم، ساعت‌سازی موثق، حجره‌ی گلابچی، درودگری مش‌اسماعیل، صحافی علماء، خرازی ناصریه، گرمابه‌ی برلیان نو، مطبعه‌ی تمدن، مسگری آق‌میرزا هدایت‌الله، ذغال‌فروشی تربتی، دندان‌سازی لویی، قهوه‌خانه‌ی صاحب‌منصب، صابون‌فروشی عبدالهی‌ها، دواخانه‌ی پاستور، قنادی حاج نایب، زرگری مظفریه، تماشاخانه‌ی پری‌زاد، چرم‌دوزی ارسنجانی، خیاط‌خانه‌ی اعلاء، اصلن از بالای خیابانِ شاه‌آباد تا پایینِ شوراب‌محله، از گذر امام‌زاده چهل‌لحاف و مسجد مروی‌ها و سقاخانه‌ی بی‌بی سکین و حمام‌باغ و پل‌سنگی و هفت‌دخترون و حصارگلستان و چراغ‌برق و عمارت انتخابیه تا اداره‌ی فلاحت و تلگراف‌خانه و بلدیه و تامینات و یومیه‌ی ایران آزاد، همه داشتند راجع‌ش حرف می‌زدند. باربرها، سورچی‌ها، پاسبان‌ها، طلبه‌ها، گاریچی‌ها، پهلوان‌ها، پامنبری‌ها، کشیک‌چی‌ها، مِسگرها، عَصارها، جارچی‌ها، حلاج‌ها، سراج‌ها، پالان‌دوزها، خراط‌ها، غسال ها، بزازها و رَزازها و حتی خانباجی‌های زنبیل به دستِ چادرچاقچوری به هم که می‌رسیدند، پچ و پچی می کردند و لبی گاز می گرفتند و استغفرالهی می گفتند

و به نقطه‌ای نامعلوم فوت می کردند. دیگر نَقل زینت، صَبیه‌ی آقاخان شده بود نُقل محفل محله و بازار. اگر کسی هم تا امروز نمی‌دانست آقاخان کیست و دختری هم دارد -که کم بودند- اعلان صبح یومیه‌ی سیاست، شهر را جار زده بود.

***

آقاخان نشسته بود روی مُخَده‌ی سفید و به پشتیِ ترمه‌ی زرکوب تکیه زده بود. نشسته و تکیه که نه، ولو شده بود روی آن‌ها. چای همیشه پُررنگِ لب‌پُر لب‌سوزَش در لیوان فیروزه‌ایِ تراش‌دار، برای بار سوم سرد شده بود و او نمی‌توانست لبی تَر کند. دقت که می کردی از صبح تا حالا، چند سالی پیرتر شده بود. قیمت‌خاتون لیوان چای سرد را دوباره برداشت تا عوض کند.

- خب یه چیزی بگو مرد... اینقدر تودار نباش... اون قلب شماطه‌دار، صندوقچه‌ی غم و غصه نیست...

آقاخان انگار تازه متوجه قیمت شده باشد، نگاهش را از تُرنج‌های آبی و ارغوانی فرش انداخت به چشمان خاکستری زن. رَخشندگی همیشه را نداشت. می‌توانست سرجمع همه‌ی اندوه‌های عالَم را در آن‌ها ببیند... سنگینیِ غصه‌هایی ناگفته را... قیمت همچنان که تلاش می‌کرد صورت لُپیِ بی‌چروکش را، که باعث شده بود توی دَر و همسایه چو بیفتد که شوهرش او را چیزخور کرده تا همیشه جوان بماند، عادی جلوه دهد، لیوان را برد زیر شیر سماور. آب هم دل قُل زدن نداشت.

- این چه مصیبتی بود آوار شد سر ما؟! من تاوان کدوم معصیت کرده و نکرده‌م رو دارم می‌دم زن؟! کم عبادت و اطاعت کردم؟ کم به خلق خدا خوبی کردم؟ کم گذاشتم تو تربیت بچه‌ها؟

قیمت که تَریِ چشمان آقاخان را دید، و در این بیست سال یادش نمی‌آمد آن‌ها را خیس دیده باشد، آب گلویش را، سخت، فرستاد پایین و همان‌طور که لیوان چای نیمه جان را جلوی مرد می‌گذاشت گفت:

- آقاخان! معتمد بازار! بزرگِ محل! پاشو و زانوی غَم رو رها کن مرد... برو دم حُجره، کِرکره رو بده بالا... مردم به ترنجبین و سنبل‌الطیب و شیرین‌بیان و سیاه‌دونه و اسطوخودوس و گلاب کاشون نیاز دارن... برو و عرق شاطره و روغن خراطّین و گل گاوزبون و سرکه‌ی سیب و شربت عناب و سقّز کوهی بِده به خلقُ‌الاه... تویی که درمان بلغم و سودا و صفرای مردها رو میدونی... چشم زن‌ها به حنا و سُرمه و سرخابِ تویِه مرد...

آقاخان همان‌طور ولو روی پشتی ترمه، آهی کشید و سرش را همان‌طور پایین، تکان داد.

- نمی‌خواد جوری حرف بزنی که انگار هیچ چیز نشده. از همینجام می‌تونم نگاه‌های سنگین بازاری‌ها و منبری‌ها و دَر و همسایه رو حس کنم. لُغزهای تند مشتری‌ها و خان باجی‌ها و بیکارالدوله‌های محل رو بشنوم. که چی؟ بله... آقاخان، پامنبری همیشگی شیخ محمدتقی بروجردی، سینه سوخته‌ی اهل بیت، بانی تعزیه‌ی عاشورا و کاسب دست به خیر بازار، نتونسته بچه‌ی خودش رو تربیت کنه. دخترش شده.... ای خدا! کاش اعلامیه‌ی مرگم رو میخوندم جای اعلان عدلیه...

قیمت‌خاتون لبی گاز گرفت و پرید توی حرفش... دیگر حالا سرخی همیشگی گونه‌هایش را می‌شد دید.

- معلوم هست چی میگی مرد؟ انگار خودت هم باورت شده دختر دستِ گُلت خبط و خطایی کرده؟
- نکرده؟! اینکه پاسبونِ شب دختره رو بغل به بغل یه پسر غریبه اونم پشت عمارت قجری گیر بندازه اسمش چیه؟ اینکه محکمه واسش احضار بفرسته چی؟

قیمت، شرم همیشگی خود را برای لحظه‌ای کنار گذاشت. لحن صدایش هیچ‌گاه در برابر آقاخان بالا نرفته بود و از گل نازک‌تر به شوهرش نگفته بود، چه برسد که به او نهیب بزند.

- خدایا توبه از این مرد و حرف‌هاش! چرا اینجوری می گی؟ بغل به بغل چیه؟ خودت دیگه به دختر معصومت بُهتون نزن! اون‌ها فاصله‌ی شرعیه رو هم رعایت کرده بودن... خودتم می‌دونی پاسبون خیالِ بد داشته به دخترت. مثه همه پاسبونای این دور و بَر که جا اینکه نگهبون محل باشن دزد ناموسن... پسره هم جلوش درومده... الانم پای هر دوتاشونو کشیدن به محکمه...

آقاخان نگاهش را از اُرسی‌های هفت‌رنگ هندسیِ پنجره گرفت توی صورت قیمت که همیشه با آن چارقد گُل‌بهیِ رشته‌ای جذاب‌تر می‌شد، حتی اگر چروک‌های ریزی که فقط او می‌توانست ببیند، چهره‌ش را شکافته باشند و سفیدی تازه پیدا، گیسوانش را رنگ زده باشد.

- تو داری پشت دخترت در می آی با این بی آبرویی‌ش؟! یه عمر بزرگی و معتبری من رو یه شَبه به باد بی‌عفتی سپرده و تو می گی فاصله‌ی شرعیه رو رعایت کردن؟!

قیمت لحن مهربان‌تری به خود گرفت. می‌دانست آقاخان آن قدر متین هست که از کوره در نرود، و همین نَقل زبان‌هایش کرده بود، که اگر برود، دخترش سالم نمی‌ماند.

- مرد! زمونه عوض شده... الان دیگه جَوون‌ها درس می‌خونن... سواد دارن... شبیه ما نیستن که بعد رفتنِ عاقد، تازه صورت شوهرمون رو ببینیم...

مرد پرید توی حرف‌های زن. انگار از اول منتظر چنین فرصتی بود برای باز کردن گره حرف‌هایش.

- همین... همین مدرسه این بلا رو سر ما آورد... صدبار گفتم دختر رو چه به سواد؟ چه به درس؟ خیلی می‌خواد چیز یاد بگیره بفرستش مکتب‌خونه‌ی بی‌بی حکیمه بجنوردی. قبول نکردی. حالا مادرش سواد بلد نبود آسمون به زمین اومد؟ سه تا دختر سالم و صالح -لبش را گاز می‌گیرد و استغفرالهی می‌گوید- داریم و شب‌ها سیر می‌خوابیم و یه آبرویی تو این شهر داریم، کَمه؟

- مرد! تو که خدا رو هزار مرتبه شکر، عطار همه چیز فهم این محله‌ای و کاغذ می‌نویسی واسه خلق که این رو بخورید و اون رو بمالید، میدونی که دیگه زمونه‌ای نیست که دخترها پاشونو از مطبخ و اندرونی بیرون نزارن و تو پَستو اون‌قدر قرآن بخونن که رو رحل خوابشون ببره...

آقاخان برای اولین بار در طول گفتگو جابجا شد. سعی کرد چهره‌ای جدی‌تر از خود نشان دهد. اما دلش زخمی‌تر از این‌ها بود که بخواهد گره ابرو و چینِ پیشانی نمایش دهد.

- اینها همش به خاطر این سواد لعنتیه... مدرسه و یومیه و مجله و تیاتر و بَه‌به چَه‌چهِ فرنگ...

قیمت نزدیک‌تر شد... مثل همان وقت‌ها که بچه‌ها می‌خوابند و دوتایی، مثل همان اول‌های مَحرمیّت، می‌خزند زیر کُرسی گرم و توی پتوی سرخ و سفید گل و مرغ.

- حالا آقاخان از صرافت این‌ها بیا بیرون... با میرزا حبیب تو عدلیه صحبت کردی؟

دست‌هایش را روی زانوهایش گرفت. تاب بلند شدن نداشت.

- گفت رضایت پاسبون رو می گیرن. اما این اعمال منافیِ....

آقاخان جمله‌اش را تمام نکرد. قیمت لبش را گاز گرفت.

- کجاست؟

- نگذاشتم بره مدرسه. الان توی زیرزمینه... خیال بدی که نداری؟!

یک

صدایِ ریزِ پایی حواسش را به هم ریخت. اول فکری شد از خود فیلم است و هر چه باشد، این جور مزخرف‌های ترسناک، آدم را وَهمی هم می‌کند. اما لااقل اینجای فیلم، نه پایی داشت و نه صدایی. چشمش را از صفحه‌ی تلویزیون عظیم، سُر داد به سمت میز نهارخوری و پنجره‌ی پُشتش. در خاموشیِ خودخواسته برای تکمیل وحشت از فیلم، آپارتمانش انصافا هم رعب‌آور شده بود. با آن تاریک‌روشنِ بد ریخت و ناموزونی که از نورِ همیشه مزاحمِ ردیفِ چراغ‌های یکی در میان روشنِ پیاده‌رو روی پرده‌های کِرم قهوه‌ای ایجاد شده بود، یا سایه‌های رقصانِ بالا رونده و بی‌حالی که از شعله‌های رو به خاموشیِ شومینه‌ی آجری افتاده بود روی دیوارهای سفید استخوانی روبرویی که یک جورهایی به آبی درباری یواشی هم می‌زد و پُر بود از کاسه بشقاب‌های تزیینی و مجسّمک‌های دست‌سازِ تا به تا.

این وَر و آن وَرش را که پایید و مطمئن شد بی‌خودی هول بَرَش داشته است، دوباره زُل زد به تلویزیون جلویش که نور ظریفِ فیروزه‌ای آن، چهره‌اش را به سبک گوتیک نورپردازی کرده بود. صدای نفَس‌هایی، اما نفَسش را بند آورد. تکرار شونده و دهشتناک. واضح و مخوف. خودش را جمع کرد. و جمع‌تر. بالش گُل‌بهی کوچکی را که وقتی روحِ شریر با آن صدای موحّشش ظاهر و رذیلانه و هولناک پاپیِ آدم‌های بیچاره می‌شد، از شدت ترس جلوی چشمش می‌گرفت تا قیافه‌ی چندش‌آور و کُشتن‌های فجیعش را نبیند، و تا

وقتی کاملا مطمئن نمی‌شد که روحِ روانی! کارش را تمام کرده و قتلش را انجام داده و جسد آن بنده خدای بی گناه یا شاید خطاکار را وسط اتوبان رها کرده و حالا حالاها، لااقل تا چند صحنه‌ی بعدی، خبری از ریخت نحسش نمی‌شود آن را پایین نمی‌آورد، در بغلش محکم فشرد. چشمان حالا گِرد شده و هراسانش را گرد پذیرایی بزرگش گرداند. همان معبدِ نیمه مقدسِ بی‌کَسی‌های شبانه، همان تاریک‌خانه‌ی بی‌رمز و رازِ ابدی، همان تقابل و تجانس سایه‌های غالبِ همیشگی و رشته‌های مدام کوشانِ خستگی‌ناپذیرِ نور... حتی عادی‌تر... حتی خسته‌تر...

نمی‌دانست تاثیرات فیلم‌های ژانر وحشت است یا بازتاب‌های تنهایی‌های تکرار شونده یا خلاقیت‌های اوهام سیال ذهن یا نتیجه‌ی تمام آن زور و اجبار و فشار و بگیر و ببندهایی که بیرون از آن چاردیواری ریخته‌اند سرش و سرشان، تا سرش و سرشان لُخت نباشد... شاید هم همه‌اش بخاطر این قهوه‌ی جدیدی است که هفته‌ی پیش از پسر جوان چشم و ابرو مشکی و خوش سر و زبان صاحب کافه‌ی پایین مجتمع، که یک ماهی هست پاپِی‌اش شده که قراری بگذارد، گرفته است. نفسی عمیق کشید. گذاشت همه‌ی بیم‌های ذهنی و باک‌های مغزی‌اش بپاشد بیرون. و تازه آن وقت بود که فهمید نفهمیده است چه طوری آخرین قربانیِ روح اتفاقا همان معشوقه‌ی اولش از کار در آمد!؟ برگه‌ی زردآلو را از قندان مِسین روی میز برداشت و به دهان برد. یادش آمد گرسنه‌اش هم هست و همه‌ی این خیالات می‌توانست ناشی از یک شکم خالی باشد تا مغزی پُر! همان‌طور که روح داشت برای آن دختر جوانِ پیگیر و البته به غایت خوش‌اندامِ بلوندِ بلورینِ بلواگر، که می‌توانست حسادت او را بی‌ربط و احمقانه بر انگیزد، شرح می‌داد که خیلی هم آدمِ بی‌رحم و شیطان صفتی نیست و مرام و معرفت و جَنَم پهلوانی هم دارد، داشت فکر می‌کرد با آن

چیزهایی که در طبقه‌ی دوم یخچال یا ردیف سوم کشوهای اول کابینت‌هایش است چه می‌تواند سرهم کند که خیلی هم طول نکشد و یا حتی به این هم فکر می‌کرد که زنگ بزند به فست فود چهار کوچه پایین‌تر و از همان سیر و استیک‌های همیشگی سفارش دهد یا این دفعه از آن رژیمی‌های مدیترانه بگیرد، که باز و بسته شدن درِ چیزی در آشپزخانه و صدایی که یک‌هو پریده بود وسط فکرهای غذایی‌اش، بندِ دلش را پاره کرد.
هول، هراس، بیم، باک، هیبت، خوف، وحشت، رعب، دهشت، تشویش، اضطراب، اضطرار، استیصال، آشفتگی، وهم، خیال، اصلن هر چه مترادف و هم‌معنای این ترسِ لعنتی باشد، به یک‌باره ریخت توی وجودش. شبیه همان حسّی که وقتی پایش را از چاردیواری‌اش بیرون می‌گذاشت همه‌جایش را فرامی‌گرفت، همان چیزی که تصور مواجه با آژیر و پلیس و وَن و دست‌بند و باتوم و فحش و اَنگ و لگد، جانش را تسخیر می‌کرد. فکری شد چه جور خودش را به درِ خروجی برساند و بیاندازد داخل راهروی مجتمع و داد و هوار راه بیاندازد یا زنگی بزند به صد و دهی، صد و بیست و پنجی، صد و پونزدهی، صد و هجدهی چیزی که به فریادش برسند، که هیچ‌وقت هم نمی‌رسند، که به ذهنش رسید شاید لازم باشد قبلش چاقویی پیدا کند تا بتواند به وقتش جانش را نجات دهد. اما از دست چه کسی؟ قاتلی زنجیره‌ای که زنان جوان را بعد از یک تجاوز مفصل و سادیستیک، چند تکه کرده و توی رختخواب می‌اندازد؟ یا دزدی مسلح که به سودایِ پولی و طلایی و جواهری آمده و حتما با دیدن او، دلش نمی‌آمد مال را بدون لذت از تنِ حالا نیمه برهنه‌ی او به خانه ببرد؟ یا بچه‌های بالا که با راپورت همسایه‌ی پامنبری طبقه‌ی پایینی آمده‌اند به جرم ترویج بی‌حجابی یا توئیت علیه امنیت ملی توی گونی‌اش کنند و در ناکجاآباد هزار بلا بر سر و تنش بیاورند. به خودش نگاهی انداخت. سینه‌های

بزرگ‌تر از معمولش را به زور توی بلوزش جای داد و سعی کرد با همان بالش گل‌بهی کوچک، ران‌های سفید بی‌مویش را که شلوارکی کوتاه و نازک، چیزی از آن‌ها را پنهان نمی‌کرد، بپوشاند. خیلی طول نکشید که فهمید نه می‌تواند داخل راهرو بدود نه به کسی زنگ بزند نه سراغ وسیله‌ای دفاعی برود. زل زده بود توی چشم‌هایش. فیلم رسیده بود به آن جایی که روحِ خشمگینِ مُتنبّه حلول کرده بود توی جسم دخترکی زیبارو و همزمان دلباخته‌ی جسم جدیدش شده بود و حالا زن جوانِ صاحبِ تن و مرد جوانِ صاحبِ جان در کالبدی زمینی و محدود، عاشق و معشوق هم شده بودند. از همان دلِ تاریکی هم می‌شد همه چیز را فهمید. خندید. به این وضعیت تراژیک کمدی که یک جورهایی به گروتسک می زد و حتمن باید سرِ کلاس *نظریه‌های جدید درام*، سمینارش می کرد. کبوتر سفید پَری زد و از همان پنجره‌ی نیمه‌باز برگشت.

تیتراژ که بالا آمد و قندان برگه‌های زردآلو خالی شده بود و کبوتر سفید هم‌پرواز جُفتش، دوباره، که نه، برای بار صد و یازدهم نگاهش به کتاب افتاد که صفحه‌ی چهل‌وچهار و چهل‌وپنجش هنوز باز بود. می‌دانست لااقل اعوجاجات ذهنی امشب‌ش ربطی به قهوه‌ی جدیدش یا تنهایی همیشگی‌ش یا شکست عشقیِ چندی پیشش یا پیشنهادهای بی‌شرمانه‌ی استاد *نشانه‌های نمایشی‌ش* یا ناامنی هر روز و هر ساعتش از هرچه آن بیرون است یا حتی بدو بدوهای بی‌انجامش در راهروهای ارشاد ندارد. چشمش رفت به پایین صفحه‌ی چهل و چهار. داخل کادر.

اعلان

به سبیه آقاخان پانزده ساله اعلام می شود که مدعی عمومی بدایت باتهام ارتکاب عمل منافی عفت برشما اقامه دعوی نموده لهذا بموجب این اعلان در ظرف چهار ماه برای مدافعه از دعوی در شعبه اولی محکمه جنحه طهران باید حاضر شوید و الا محکمه رسیدگی غیابی خواهد نمود.

محکمه جنحه شعبه اولی

نمره ۱۹۴ مورخه ۳۰ برج جوزا ۱۳۰۲

روزنامه سیاست. ۴ تیر ۱۳۰۲ خورشیدی

صفر

دختر برای خودش کف انبار زیرزمین، خط‌های سفید کشیده بود و آن قسمت کودکی‌ش داشت لِی‌لی بازی می‌کرد. دمپایی‌های صورتی و سفیدش را می‌انداخت روی خطوط گچی کج و معوج و پاهای کوچک و بلورینش را به نوبت می‌پراند بینشان. با هر پَرِش، گیسوان آبشاری قهوه‌ای‌ش مثل کاکل ذرت‌های رستم آباد، توی هوا چرخ می‌خورد و لب‌های سرخ ارغوانی یکتایش مانند غنچه‌های صبحگاهی تَه‌دره، توی گونه‌های مرمرینش باز می‌شد. چشم‌هایش.. چشم‌هایش... آن کاسه‌های نقره‌ای تابنده‌ای که انگار دو عقیق، یا نه دو یاقوت ... یا نه! باز دارم اشتباه می‌کنم.. دو زمرد، لاجورد، زبرجد، کهربا، فیروزه، یشم، لعل یا نمی‌دانم هر چیز درخشان‌تر از درخشانی را در بر گرفته بود... رنگ‌شان؟ انتظار ندارید که بتوانم بگویم سبز بود یا میشی یا توسی و عسلی و قهوه‌ای و آبی.. یا سیاه... سیاه‌تر از هر سیاهی... می‌پرید... شادمانه و فرح‌بخش و فرُّخ... پستان‌های دخترانه‌ی نورسیده‌اش، هر بار بالا و پایین می‌رفت و او بین خطوط، نیم‌نگاهی هم، شرم‌ناک و شیطنت‌آمیز و وسوسه‌گر، به آن‌ها داشت که به قول اختر، برای او مانند اناری بود که الان وقت پوست کندنش است! خنده‌اش گرفت. زمزمه‌ی آشنایی را انداخت بین لب‌هایش... یکی از همان شعرهایی را که وقتی سرِ کلاس برای بقیه می‌خواند، که نه، نمایش می‌داد، وِلوله‌ای به پا می‌شد و بچه‌ها روی میز، ضرب می‌گرفتند

و دستی بالا می‌بردند و کمری می‌چرخاندند... همان که حتی معلم سخت‌گیرشان، که دامن آبی تیره‌ی تترونش تا بالای زانوهایش بود و همیشه، وقتی مدرسه تعطیل می‌شد، نگاه‌های حسرت‌بار و نیمه‌پنهانِ بازاری‌ها و میرزاها و پامنبری‌ها و بارفروش‌ها را تا وقتی سوارِ اتوبوس کِرم رنگِ قورباغه‌ای می‌شد، به دنبال می‌کشید، و دیده بود حتی ملّا هاشم ظفری عراقی، هم چگونه با غیض و افسوس، چشم از همان فاصله‌ی بین دامن و کفش‌ش بر نمی‌دارد، نمی‌توانست شعف خود را از این نمایشِ سرخوشانه و خودآموخته بروز ندهد. *جمجمک برگ خزون ؛ مادر زینت خاتون؛ گیس داره قد کمون؛ از کمون بلندتره؛ از شَبق مشکی تره؛ دلکم رو می بره ... هاجستم و واجستم؛ تو حوض نقره جستم ؛ نقره نمکدونم شد ؛ حاج آقا به قربونم شد ...*

آن قسمت بلوغ جوانی‌ش اما داشت به روزهای واپسین می‌اندیشید. نه اینکه بخواهد ماجرای آن شب پشتِ عمارت قجری را به یاد بیاورد و اینکه چه طور آن پاسبان، شهوت‌آمیز نگاهش کرد و وحشت‌انگیز به سمتش آمد و چه گونه دست به کمربندِ شلوارش برد تا از او کام بگیرد و چه جور محمدصدرا جلوی او درآمده بود و حسابش را کف دستش گذاشته بود و خون و خاک توی حلق پاسبان چپانده بود و بگیر و ببندهای بعدش را. حتی کاری به حرف‌هایی که دَر و همسایه می‌زدند و لق‌لق زبان‌هایی که پشتش بود و نیش‌های همکلاسی‌ها و کنایه‌های زکیه و زینب، خواهرهای مهربانش، و سرکوفت‌های قیمت، مادر حامی و پشتیبانش، و خشم نگاه آقاخان، پدر همیشه تکیه‌گاهش، هم نداشت. فکرش پر می‌کشید در هوای محمدصدرا و پسر را با همه‌ی آن جذابیت‌ها، از سبیل تازه رَسته‌ش و موهای لَخت آب و شانه کرده‌ش و چشم و ابروی مشکی‌ش و ادب نگاه‌ش و آهنگ کلام‌ش تا آن لباس فرم همیشه اتوکشیده‌ی توسی‌ش، تصور می‌کرد که دستش را گرفته، که هنوز نگرفته بود،

و با هم از روی خط‌های گچی سفید می‌پرند، بالا می‌روند، از ریسه‌ی انگورهای آویز عبور می‌کنند، سقف هَشتی را می‌شکافند و هم‌پرواز با کفترهای جَلد اِسمال‌طلا پر می‌کشند به دل آسمان. لبخند، لبان گل‌بهی‌ش را زیباتر کرد. چشمانش برق شادی زد. دستانش گرم شد. پیشتر *ویس و رامین* را خوانده بود و بخش‌هایی از *خسرو و شیرین* را از حفظ بود و با *وامق و عذرا*، حالش خوب می‌شد و حالا که فکر می‌کرد، حس عاشقیّت داشت. عاشق شده بود. عاشق محمدصدرا، پسر میرزا ابراهیم‌خان، صاحب سینما رادیوسیتی، هجده ساله و سال آخر هنرستان آرتیستی تیاتر، که ویولن را خوب می‌نواخت و صدای دلنشینی هم داشت.

دلش هُری ریخت پایین. به یاد آخرین تصنیفی که برایش خوانده بود افتاد. از استادی که پسر، *طاهرزاده*‌ش می نامید:

آرام جانم... بی تو نمانم... بیا سرو روان... بیا آرام جان... دردت به جانم...

نمی دانست سِحر صوت طاهرزاده است یا جادوی صدای پسر، اما او مسحور شده بود، جادوزده شده بود، افسون شده بود. از روی خطی سفید پرید. یادش آمد چند روزقبل از آن غائله، با هم در تورفتگی مخفی پشت کتابخانه‌ی بنگاه دانش، نشسته بودند و محمدصدرا، مجله‌ی خوش آب و رنگی را که پدرش از فرنگ آورده بود ورق می‌زد و برایش از لباس‌های ایتالیایی و آرایش‌های اسپانیایی و ادوکلن‌های فرانسوی و اتومبیل‌های آمریکایی و قصرهای بریتانیایی و دختران هلندی و پسران آلمانی و کُنت‌ها و دوشِس‌ها و دوک‌ها و لُردها و مادمازل‌ها و ورسای و کرملین و باکینگهام و رُزنبرگ و لوور و پیزا می‌گفت و او چه حضّی می‌برد از این جمعِ دورِ زیبایی و شُکوه و آزادی. با این که هنوز سینما نرفته بود و تجربه دیدن فیلم در سالن تاریک و بر پرده‌ی عریض نداشت، و می‌دانست حالا حالاها در زندگی‌ش اتفاق نمی‌افتد، اما

محمدصدرا آنچنان در روایتِ تصویرهای *سامسون و دلیله و رومئو و ژولیت و رت و اسکارلت و ریک و السا و اندروز و پلامر* متبحر بود که گویی زینت، سال‌هاست در سنگفرش‌های خیس پاریس و کوچه‌های مه‌گرفته‌ی لندن و خیابان‌های پر زرق و برق نیویورک قدم‌ها زده است.

دوستان هم سالش یا الان داشتند درد زایمان بچه‌ی دوم‌شان را تحمل می‌کردند یا پای سفره‌ی عقد میرزایی و سیدی و صاحب منصبی، زن دوم می‌شدند یا روزهای متمادی در اندرونی می‌پختند و می‌شستند و می‌ساییدند و می‌بافتند و می‌رُفتند و می‌دوختند و می‌بستند و می‌کشیدند. کتک می‌خوردند و هم بستر می‌شدند و می‌زاییدند و می‌زاییدند و می‌زاییدند. اما بخت یار او بود که مادرش، قیمت خاتون، دختر اوس بصیر خطاط بود که توانسته بود دور از چشم بقیه، خواندن و نوشتن بلد شود. اقبال داشت که پدرش، علیرغم همه‌ی مخالفت‌ها و بدخلقی‌ها و خط و نشان‌ها، به اصرار مادر، راضی شده بود او را به مدرسه‌ی دخترانه‌ی تازه تاسیس *ناموس* بفرستد که هنوز، سیکل اولی‌هایش را هم نداده بود بیرون.

صدای گام‌هایی، مرغ فکرش را به آشیانه بازگرداند. روی یکی از خط‌های سفید متوقف شد. قدم‌های آقاخان را می‌شناخت. از ماجرای آن شب تاکنون حتی یک کلمه هم با او حرف نزده بود و زینت هم از همین می‌ترسید. فقط نگاه‌های غضب‌آلود بود که نصیبش شده بود و او چه قدر دوست داشت پدر، هوار بکشد، داد بزند، بزند اما ساکت نباشد که می‌دانست غیض آقاخان نهایت ندارد. ماجرای شاپور را به یاد آورد که وقتی مست توی قهوه‌خانه‌ی پایین بازار، شاخ و شانه کشیده بود و شکسته بود و ریخته بود و زده بود و همه از ترس قدرت برادرش، معین الملک، در عدلیه و شهربانی، زبان در کام گرفته و فقط نظاره‌گرِ قلدری‌های‌ش بودند، چه طور آقاخان، آستین بالا زده بود و

یک تنه دمار از شاپور و نوچه‌هایش درآورده بود و جای سالم در تن‌شان نگذاشته بود و حتی معین الملک هم ترجیح داده بود توی روی آقاخان نایستد. همان ماجرایی که بعدتر باعث شد لوطی حیدر و تمام نوچه‌هایش یک روز بیایند دم حجره‌ی آقاخان و تا پایینِ سنگ‌بست کولش کنند و صلوات بفرستند و شعر بخوانند و سپند دود کنند. گام‌های آقاخان نزدیک‌تر و سنگین‌تر شد. حالا می‌توانست سایه‌ی خسته و شکسته‌ی پدر را بر کف انباری ببیند. شنیده بود چند سال پیش جعفر بلنده، بارفروش سلطان آباد، اکرم، دختر ۱۳ ساله‌اش را به خاطر اینکه چو افتاده بود عروسی نکرده باردار است، در زیرزمین خانه‌شان زنده زنده چال کرده بود. و هیچ وقت معلوم نشد آیا اکرم، باردار بوده است یا نه، چون جعفر بلنده بعد از آن اتفاق، مجنون شد و کارش رسید به جوی‌های فیروزآباد. یا اینکه طاووس، زن دوم آسید اکبر درودگر، زیر شلاق‌های شوهرش بخاطر رفتن بی‌اجازه برای خرید سرخاب، جان داده و زیبا، دختر آخر پنجعلی دلاک، که خونش را برادرانش توی انباری ریخته بودند چون یکی از جارچی‌ها شایع کرده بود با صاحب مهمانخانه‌ی وصلت برو و بیایی داشته است.

پای آقاخان روی خطوط سفید قرار گرفت.

یک

- نه! همون که گفتم... امکانش نیس... لطفن اصرار نکنین...

حسابی به هم ریخته بود. می‌دانست ممکن است به مشکل بخورد و خودش را برای یک مبارزه‌ی رو در رو آماده کرده بود اما اینجوری‌ش را اصلن تصور نمی‌کرد که از بیخ و بُن با قضیه مخالفت کنند و بزنند زیر کاسه و کوزه‌ی همه چیز. عصبی شد. مَتنش را از روی میز برداشت.

- اصن من چرا دارم با شما یکی به دو می‌کنم. اینجا بلخره صاحب داره دیگه نه؟

و منتظر هم نشد که کارمند صدور مجوز اداره‌ی تئاتر حتی جوابش را بدهد، هر چند نگاه نفرت‌انگیز و تلاقی تلافی‌جویانه‌ش را از همان پشت سر هم حس کرد. از اتاقی که هیچ چیزش به تئاتر و هنر و فرهنگ نمی‌خورد، نه هوایش و نه آدم‌هایش و نه چیدمانش و نه تابلوهای آویخته‌اش و نه عکس‌های قاب‌شده‌ی نظامیان روی میزهایش، زد بیرون و انتهای سالن، جلوی اتاق رییس اداره‌ی تئاتر ایستاد.

- سلام... وقت بخیر... هستن آقای دکتر؟

منشی مُسّن اداره‌ی تئاتر به زحمت سرش را بالا آورد و با زحمتی بیشتر، فَکّش را تکان داد.

- امرتون؟

کامپیوتر جلویش داشت قسمت صد و نود و ششم سریال *غنچه‌های پرپر* را پخش می کرد و منشی مسّن اداره تئاتر که نمی‌خواست لحظه‌ی دیدار دوباره‌ی دو دلداده را که بعد از سه سال و یازده ماه به هم می‌رسیدند، آن هم روی عرشه‌ی کشتی تفریحی لوکسی که داشت پهنه‌ی دریای نیلگون سیاه را می‌شکافت، از دست بدهد دوباره چشمانش را دوخت به صفحه.

- یه کار مهمه... حتمن باید ببینمشون...

و وقتی دید صدایی از کسی بیرون نمی‌آید جز گریه‌ی خوشحالی همان دو دلداده‌ی روی عرشه‌ی کشتی روی دریای سیاه که خَش‌دار و ضعیف از توی هدفون درب و داغان روی گوش منشی مسن اداره‌ی تئاتر شنیده می‌شد، فهمید به توضیح بیشتری نیاز است.

- درباره‌ی مجوز نمایشمه..

همان طور چشم دوخته در چشمان همان دو دل‌داده‌ی تُرک، در حالی که گوشه‌ی چشم راستش به خیسی می‌زد و حالت ابروهایش از خوشحالی مفرطی از این وصال دوباره خبر می‌داد، فقط برای رد کردن مزاحمی که نمی گذاشت برود توی جان و دلِ این صحنه، به تهِ راهرو اشاره کرد.

- انتهای راهرو، سمت چپ، اتاق ۲۱۱، آقای قدرت‌طلب.
- پیش ایشون بودم الان... موردیه که حتمن باید با خود آقای دکتر صحبت کنم.
- امروز نمیشه... اتاقشون جلسه‌س... بعدشم تجدید وضو و نماز و نهار... آخر وقت هم میرن جلسه‌ی امر به معروف دارن ستاد.
- اما من باید حتمن ببینمشون... (داشت به *امر* فکر می کرد و به *معروف*) الان.

منشی مسن اداره‌ی تئاتر سرش را بالا آورد. دو دلداده دست در دست هم داشتند از بین مسافران خوش آب و رنگ و خوش لباس روی عرشه رد می‌شدند و کشتی هم داشت از بین مناظر سبز و آبی منحصر به فرد.

- خانوم عرض کردم خدمتتون... نمیشه... با بخش صدور مجوز هماهنگ شین یا درخواستتونو بنویسین بزارین اینجا تا من هفته بعد بدم دکتر.

باز داشت به هم می‌ریخت. دوست داشت همین الان گیس‌های زرد منشی مسن اداره‌ی تئاتر را که آرایشگرش حسابی هم بد رنگ درآورده بودشان از همان زیر مقنعه‌ی مشکیِ رنگ و رو رفته‌ی زیر چادر مشکی رنگ و رو رفته آنقدر بکشد که از صدای داد و فریادش، همه‌ی مسافران آن کشتی لوکس تفریحی به وحشت بیفتند. دوست داشت منشی مسن اداره‌ی تئاتر را جلوی چشم همه‌ی مسافران بیندازد توی آب آبی دریای سیاه که یا خوراک کوسه‌های سفید شود و یا تَهش گیر اره‌ماهی‌ها بیفتد.

- آخه چه بلایی سر همجنسامون اومده!؟ داریم با خودمونو آینده‌ی دخترامون چیکار می کنیم؟!

با خودش حرف می‌زد. نمی‌دانست حرکت بعدی‌ش چه باشد و چه کاری باید بکند تا همه‌ی تلاش‌های یک‌سال اخیرش به هدر نرود. همه چیز از خواندن آن کتاب شروع شد. خوب یادش می‌آمد داشت خودش را برای انتخاب پایان نامه‌ش با موضوع *بررسی و تحلیل اعلان‌ها و آگهی‌های تئاتر ایران با نگاهی به احوالات سیاسی و اجتماعی دهه‌های ۲۰ تا ۵۰* حسابی فحش می داد و از کمی منابع و مواخذ شکایت می‌کرد که کتاب خوبی درباره‌ی تاریخ تبلیغات در ایران به دستش رسید و اتفاقا داشت خیلی به کارش می‌آمد که رسید به آن صفحه. جلد دوم صفحه‌ی ۴۴. و آن اعلان روزنامه‌ی سیاست.

شاید قبل‌ترها فکر می‌کرد زندگی‌ش به قبل و بعد از قبول شدن در رشته‌ی ارتباط تصویری دانشگاه هنر تقسیم شده باشد، یا قبل و بعد از تغییر رشته‌ی فوق لیسانس به اصرار یکی دو تا از اساتید دانشگاه، که بعد از دیدن نمایش تجربی دانشگاهی *آنتیگونه علیه مکبث* که او به لطف هم‌اتاقی با چند تا از بچه‌های ادبیات نمایشی، طراح صحنه و لباس و یکی از بازیگرانش شده بود، حُکم کرده بودند کارشناسی ارشدش را کارگردانی یا بازیگری تئاتر بخواند، یا حتی قبل و بعد از عاشقیت کوتاهش با آن پسرک خجالتی جنوبی مبادی آدابی که شب‌ها برای *عروسی عروسک‌ها*، دومین تئاتر حرفه‌ای‌ش که اتفاقا خوب هم گرفت و خوب هم فروخت و خوب هم جایزه درو کرد، موسیقی زنده می‌نواخت. اما حالا مطمئن شده بود زندگی‌ش به قبل و بعد از دیدن آن اعلان صفحه‌ی ۴۴ جلد دوم آن کتاب تقسیم‌بندی شده است. بعد از آن بود که به جای تمام کردن پایان‌نامه، افتاد پیِ پیدا کردن ردّی از دختری پانزده ساله در تاریخ که فقط می‌دانست اسمش زینت است و دختر آقاخان بوده است. اما هر چه بیشتر می‌رفت کمتر می‌یافت. تقریبن هیچ منبع و آرشیوی وجود نداشت که از برگزاری محکمه‌ای در سال ۱۳۰۲ شمسی خبر دهد. محکمه‌ای با موضوع رسیدگی به جرم اعمال منافی عفت از سوی دختری نوجوان به نام زینت.

در حالی که دو دلداده وارد اتاقی در طبقه‌ی دوم کشتی لوکس سفیدی که در دل دریای سیاهِ آبی شنا می‌کرد می‌شدند و در را پشت سر خود می‌بستند و می‌رفتند که لب بر لب هم بگذارند و منشی مسن اداره‌ی تئاتر هم همه‌ی حواسش را داده بود به آن اتاق طبقه‌ی دوم کشتی لوکس، درِ اتاق مدیر اداره‌ی تئاتر باز شد و دو مرد در حالی که نیش‌شان تا بناگوش باز بود و نشانه‌های رضایت تامّه روی چهره‌شان هویدا، با بدرقه‌ی رییس اداره‌ی تئاتر از

در زدند بیرون. می‌شناختشان. یکی‌شان همان بازیگر معروف و خوش‌سیمای سینما بود که البته هر کاری بلد بود جز بازیگری و به لطف تبلیغات متعدد و شایعه پراکنی‌های سازماندهی شده، حالا لقب سوپر استار را هم یدک می‌کشید و خبر داشت تازگی‌ها به مشکل حقوقی شدیدی خورده و برای اینکه ویلای بزرگ رامسرش را از چنگش درنیاورند به پول احتیاج داشت. حدس می‌زد همراهی‌ش با آن مرد دیگر که کارگردان ارزشی‌ساز سطح پایین اما خوش رابطه‌ای در سطح دولتی‌ها و حکومتی‌ها بود و خوب حمایت و مجوز و بودجه می‌گرفت، یعنی اینکه بازیگر سطح پایین سینما قرار است در نمایش سطح پایین کارگردان سطح پایین تئاتر بازی کند تا اینجوری جیب خیلی‌ها پُر شود و یک کار ارزشی هم به آمارهای آقای وزیر اضافه و البته ویلای رامسر هم از دست نرود. هنوز آن دو نفر مرد خوش‌حال، در را بسته و نبسته بودند که بدون فکر قبلی، خودش را انداخت بین‌شان و در بین سر تکان دادن‌های مغرورانه‌ی سوپراستار سطح پایین – که فکری شده بود دختر برای دیدن و بغل کردن او اینطور به سمتش می‌دود و اتفاقا در همان چند ثانیه هم عاشق چهره و اندام و وجنات دختر شده بود!- و تعجب همراه با ترس کارگردان سطح پایین – که دختر را می‌شناخت و به صرافت افتاد شاید می‌خواهد انتقامش را به خاطر اینکه سه سال قبل او را از گروه نمایشی، در ظاهر به خاطر بدحجابی و عدم رعایت موازین شرعی ولی درواقع به دلیل تمکین نکردن از پیشنهاد ارتباط خارج از چارچوب، اخراج کرده بود بگیرد و البته آن وقت اصلن تصور نمی‌کرد دختر اینقدر زود آدم معروفی در تئاتر شود- و غرولندهای بی‌پایان منشی مسن اداره‌ی تئاتر – که یک دقیقه نمی‌گذاشتند راحت بنشیند و وصال دوباره‌ی دو دلداده‌ی دوست داشتنی‌ش را ببیند و اصلن هم از قسمت صد و نود و ششم هیچ چیزی نفهمیده بود- از چارچوب در رد

شد و در حالی که رییس اداره‌ی تئاتر به تصور حمله‌ی تروریستی یا تسخیر ساختمان ارشاد توسط معترضین جنبش مردمی، در حالت نشسته و ایستاده کنار صندلی‌ش خشکش زده بود، خودش را رساند به میز.

صفر

دل توی دلش نبود. نه اینکه ترسیده باشد یا به خاطر ماجرای آن شب، نگران ژاندارمری و پاسبان و محکمه و این‌ها باشد. حتی خیلی هم مثل بقیه از خشم آقاخان و یا حتی بدنامی و لغز و نیش و دهن‌دریدگی این وآن واهمه‌ای نداشت. دل توی دلش نبود چون اصلن دلش پیشش نبود. دلش را داده بود دست زینت تا او تر و تمیزی بکند، رنگ و لعابی بدهد، سر و وضعی برساند و بعد کادوپیچ شده و عطرآگین تحویلش دهد یا اصلن ندهد. همان‌طور پیش خودش نگه دارد که اصلن آن دل دیگر دل نبود. یعنی مال او نبود از وقتی زینت دختر آقاخان و خاتون را دیده بود، که خوب یادش می‌آمد کِی بود و کجا بود و همه چیز به آن نذری‌پزی چهل و هشتم مش‌رحمت چنارانی برمی‌گشت که هرسال ظهر رحلت پیامبر، شله‌پزانی راه می‌انداخت و در حوزه‌ی علمیه نیشابوری‌ها چهارتایی دیگ می‌گذاشت و گاوی را زمین می‌زد و مردان دَر و همسایه شب تا صبح چمبه می‌زدند تا شله‌مشهدی جا بیفتد و زن‌ها را هم زن مشتی، اقدس، جمع می‌کرد توی اندرونی تا دیکچه‌ی بعد از شله بپزند و زنان نازا یا آن‌ها که داشت سرشان هَوو می‌آمد یا دختران دم بخت بی‌خواستگار یا آن‌ها که دل در گرو جوانی داشتند و روی‌شان نمی‌شد علنی‌ش کنند می‌آمدند و وِردی می‌خواندند و فوتی می‌کردند در دیگ کوچک دیکچه تا گِرهی باز شود و بختی گشوده. یادش می‌آمد پدرش ابراهیم‌خان –

با اینکه سینما داشت و اهل تئاتر و فیلم و موزیک بود و خیلی از اهل محل
این‌ها را بالاتر از کفر شیطان می‌دانستند و او را فرنگی می‌نامیدند اما چون
مُحبِ اولیا و انبیا مخصوصن امام هشتم بود، از طرف شیخ حسن خوانساری
که پیش‌نماز ظهرها بود و سکناتش و وجناتش و منبرهایش کلی توفیر داشت
با شیخ محمد تقی بروجردی، که شب‌ها می‌آمد و چشم‌هایش را می‌بست و
هر چه نماد تجدد بود را لعنت می‌فرستاد و سینما و کاباره را یکی می‌دانست و
تیاتر را فسق و مطربی را فجور می‌خواند، دعوت شده بود برای چنبه‌زنی و
شریک شدن در صواب نذر که البته همه‌ی نخودهای شله را هم پدرش تقبل
کرد و بعدها خبردار شد یکی دو نفر که فهمیده بودند لب به شله نزدند که
نجس شده است به مال حرام ابراهیم‌خان- او را هم با خود برده بود و سر صبح
به توصیه‌ی آشپز که از خودِ دروازه قوچان مشهد آورده بودنش، پی نمک و
گلپر بیشتر، به اندرونی مش‌رحمت فرستاده بودندش. او هم یالاه یالاه کنان
رفته بود داخل و البته که آنقدر شلوغ بود و ولوله که چه زن‌هایی که بیرون
آنجا تا زیر ابروهایشان را چاقچور می‌کشیدند چه آن‌هایی که چادر را جوری
روی سر می‌انداختند که همه جایشان باد بخورد، اصلن ندیدنش و یا نخواستند
ببینند و او همان‌طور که چشم‌هایش پایین بود تا خدای نکرده گناهی مرتکب
نشود آن‌هم در روز وفات، خوداگاه و ناخوداگاه چشمش می‌افتاد به چشم‌های
سرمه سیاه کشیده و گونه‌های سرخاب کشیده و ساق‌های جوراب نازک
کشیده و گردن‌های کشیده در چاک سینه و البته استغفرالاهی می‌گفت و زبانی
گاز می‌گرفت و لعنتی بر شیطان می‌فرستاد و نمی‌دانست اتفاقن زن‌ها چه آن‌ها
که بچه‌ای هم شیر می‌دادند و چه آن‌ها که همین روزها شب زفاف دیده بودند
و چه آن‌ها که از یائسگی‌شان هم گذشته بود و چه حتی دختران نوجوان تازه
بالغ شده، بدشان نمی‌آمد سر راهش قرار بگیرند و جوری خودشان را نشان

دهند و عشوه‌ی ریزی بیایند، که محمدصدرا نقل محفل دخترکان جوان و مادران‌شان بود با آن قد بلند و چشمان درشت و صورت مردانه و پدر صاحب مال و منصب و البته صنایعی که ممنوعه بود. یادش می‌آمد خودش را فی‌الفور رسانده بود به قیمت خاتون و تقاضای آشپز را باز گفته بود و اصلن هم متوجه تلاش‌های اقدس نشده بود که داشت دختر خواهرش، طاووس را هی جلو می‌کشاند و نمک و گلپر دستش می‌داد تا به دست صدرا بدهد و توجهی جلب کند و هوسی بیافریند. فقط یک چیز را خوب دیده بود و آن وقتی بود که داشت نمک در دست برمی‌گشت و خیلی ناگهانی چشمش افتاد به صورتی که از چادر سفید گل‌صورتی بیرون زده و نیم‌رخی که رخ ماه نیم‌شده را می‌مانست.

دختری که غرق در عالم خود ملاقه را در دیگ کوچک دیکچه پایین می‌برد و بی‌آنکه وردی بخواند یا دور از چشم بقیه دعایی توی آن بیندازد، زل زده بود به قل‌زدن دانه‌های برنج در حوضی از زعفران و گلاب. نفهمید چه قدر است که ایستاده و بی‌پروا خیره شده به آن تابلوی *استاد بهزاد* و نقاشی *استاد کمال‌الملک* و مینیاتور *استاد عباسی* اما با تشر بی‌بی رقیه، مادربزرگ قیمت که می‌گفتند چند شاه قاجار را هم دیده و به قیافه‌ش نمی‌خورد حالا حالاها مردنی باشد که این پسر نامحرم توی این همه خانباجی بلانسبت چه گُهی می‌خورد، هم او و هم صورتک بی‌نظیر پای دیگ متوجه شدند و دختر خودش را جمع کرد و چارقد بر برآمدگی سینه‌ها و لختی بازوها کشید و او هم به چشم هم‌زدنی برای اینکه ملاقه و دمپایی و نی قلیان طرفش سیلاب نشود سنگفرش حیاط را یک نفس دویده بود و از هَشتی اندورنی زده بود توی کوچه. اما تصویر دختر را با خودش آورده بود بیرون و آن موقع خبر نداشت رد پایش را روی دل دختر جا گذاشته است.

دل توی دلش نبود. از ماجرای عمارت قجری هفته‌ای می‌گذشت و او بی‌توجه به اعلان روزنامه و وراجی‌ها و کنایه‌ها و پرت و پلاهای در و همسایه و تلاش ابراهیم‌خان برای ختم به خیر کردن موضوع، قمبرک زده بود و درس و مشق و موسیقی و البته نهار و شام و صحبت را کنار گذاشته بود و بست نشسته بود توی اتاقش به بهانه‌ی دلتنگی زینت که بهایی سنگین هم برایش داده بود. مادرش گلی‌جان که با اینکه زن تنها سینمادار محل بود و خودش هم هر هفته جمعه‌ها مشتری لژ ویژه، مخصوصن اگر فیلم‌های رودولف والنتینو این جوان خوش بَر و روی ایتالیایی یا چارلی چاپلین آن دلقک کوتوله‌ی انگلیسی به نمایش در می‌آمد، آن هم وقتی خود ابراهیم خان پرده‌ها را می‌خواند با آن صدای پُرطنین و داستان‌سرایی‌هایی که البته توی خود فیلم‌ها هم نبود، اما بانی بیشتر سفره‌های نذری هم بود و اهل محل هر کدام حاجتی دعایی گمشده‌ای بدهی‌ای مسافری بیماری اجاق کوری دختر ترشیده‌ای چیزی داشتند عمارت دو طبقه‌ی گلی‌جان که مانندش در آن اطراف و حتی دورترش پیدا نمی‌شد، می‌شد پاتوق زنانه‌ی محل و بانی و میزبان سفره‌های رنگین و پر از دخیل، از سفره‌ی حضرت ابوالفضل و بی‌بی سه‌شنبه تا سفره‌ی حلوای دوازده امام و نون ماست و نذر مورد علاقه‌ی خود گلی‌جان، سفره‌ی آش سرکوچه که جد اندر جد برای دفع و رفع خشکسالی و بی‌بارانی می‌انداختند، عجیب نگران پسر هجده ساله‌ش شده بود که هم حالا باید چشم باریک کردن‌ها و ابرو ورچیدن‌ها و لب گزیدن‌ها و چین پیشانی انداختن‌های در و همسایه را تحمل می‌کرد و هم صدرایش جلوی چشمانش آب می‌شد و آب می‌رفت مثل شمع‌های نیم‌سوخته‌ی سقاخانه‌ی علمدار و برای همین به وعده و وعیدهای ابراهیم‌خان بسنده نکرده و خودش چادر چاقچور کرده بود. گرچه خیلی هم از آن خشک مقدس‌های متعصب نبود و خیلی توی سرش نبود که دختر

۹ساله‌ش ماهتاب حالا که به تکلیف رسیده حتمن چادر سر کند و تار مو از نامحرم بپوشاند و صدایش را مرد جماعت نشنود، نزدیکی‌های مسجد رجبعلی خودش را یک جوری سر راه قیمت خاتون انداخته بود و تا به مسجد می‌رسند و وضویی می گیرند و اقامه‌ای می گویند و نیت و اقتدا و الاه اکبر، زیر اخم و تَخم قیمت و بی‌میلی و دیرجوابی و تکه‌های سنگینش، مادرانه گفته بود حالا کاری‌ست که شده و جای نگرانی نیست و ابراهیم‌خان قول داده محکمه را فیصله و حتی پاسبان را دست‌پُر و جیب‌پُر بفرستند مرخصی تشویقی و کمکی چیزی به عدلیه کنند و آب‌ها را از آسیاب بیندازند و یک جوری هم قضیه را باز کرده بود که داستان مِهر محمدصدرا و زینت به آن آب وآسیاب ربطی ندارد و پدرها جدا بنشینند و مادرها جدا و درباره‌ی این فقره، بُبرند و ببافند که خیر و صلاح دو جوان در همین است و دل‌شان در گرو هم است و جان‌شان به هم متصل و قیمت هم، گرچه بدش نمی‌آمد که اتفاقن ته دلش به این وصل راضی هم بود، اما هم آقاخان را خوب می‌شناخت و هم در و همسایه و اهل محل را. تشهد خواندند و سلام دادند و نه قیمت فهمید کجاهای نمازش را کم خوانده و نه گلی‌جان متوجه شد که یک رکعتی اضافی خوانده است.

یک

خودش را جمع‌تر کرد و دستانش و شانه‌هایش و ران‌هایش را چپاند توی خودش. فقط کم مانده بود برود توی شیشه و با سیلیس و دی‌اکسید بور و پنتااکسید فسفر یکی شود. معماری درام را ورقی زد. چند خطی را از فصل حادثه‌ی محرک و موانع خارجی قبلن هایلایت کرده بود. اما نه فکرش به مرد میانسال وارفته‌ای بود که خودش را چسبانده بود بهش و یک جوری که او هم ببیند پیج اینستاگرامی dokhtare.telefoni را بالا و پایین می‌کرد و نه به نقطه اوج و آنتاگونیست و دراماتورژ و تراژدی و بوطیقا و رئالیسم گزینشی. داشت مکالمه‌ش با رییس اداره‌ی تئاتر را مرور می‌کرد که اتفاقن از آن چیزی که تصور کرده بود بهتر پیش رفته بود و آقای دکتر — هیچ‌کس نمی‌دانست دکترای چه و کجا و همه دکتر خطابش می‌کردند و البته که او می‌دانست فوق‌دیپلم طیور دارد با معدل ۱۱.۴۵ از یکی از موسسات غیرانتفاعی اطراف طالقان و معادل لیسانس الهیات و تاریخ فقه از حوزه‌ی علمیه‌ای در ازگل - چه قدر اتفاقن از طرح او خوشش آمده بود و از متن پیسِش استقبال کرده بود و برای اجرای عمومی‌ش قول‌ها داده بود. بعد از چند ماه هرز رفتن بین پیچ‌ومهره‌های فرسوده‌ی اداره تئاتر و آدم‌های فرسوده‌ی وزارت فرهنگ و ارشاد — که داد می‌زند فرهنگ‌ش کاملا اضافی و تزریقی است- بالاخره توانسته بود موافقت اصولی را بگیرد و با اصلاحات و توصیه‌هایی که می‌دانست

حتمن پیش پایش می‌گذارند نمایشش را بگذارد توی نوبت یکی از سالن‌های خانه‌ی هنرمندان. البته که نه به همین راحتی. بعد از ماجراهایی که برای فیلم خانه‌ی پدری پیش آوردند و دو سه باری فیلم را از روی پرده پایین کشیدند و دارودسته‌ی همیشه فرهنگ‌مدار هنرشناس اخلاق‌مند آداب‌دان باسواد دل‌واپس همه‌چیزفهم انقلابی علیه‌اش شوریدند و رسانه‌های خودجوش و ارزشی‌شان، اسرائیل و دشمن و دلار و تورم و فقر را ول کردند و چسبیدند به رو کردن دست خائنین و فراماسونرها و ضد انقلابیونی که فیلم را ساخته‌اند، و بعدش بالانشینان شجاع و مدیران کاربلد سینما که اصلن هم زلفی با پول‌شویی و مافیای تولید و اکران و ممیزی گره نزده‌اند ترجیح دادند سرشان را زیر برفی، خاکی، آسفالتی چیزی بکنند و انگار نه انگار خانه‌ای بوده و پدری و بعد از ماجراهای شوک‌آور و جریحه‌دارکننده‌ی قتل دخترکان زیبای معصوم ناکام به دست پدران حتمن و حُکمن مهربان و دلسوز و تکلیف‌مدار و دین‌دار و غیرت‌مند-آه! رومینای ما- که رسانه‌ها را مجبور به سانسور هر نوع خبررسانی کردند، سخت بود دوباره موضوعی ملتهب درباره‌ی دخترکان بی‌بخت سرزمینش به نمایش عمومی درآید. برای همین رییس اداره‌ی تئاتر پیشنهاد داده بود اولن حسابی مستندات تاریخی‌اش را قرص و محکم کند که مو لای درزش نرود و دوم اینکه از تلخی شوکران‌وار بخت‌های برگشته بکاهد و بیشتر سمبولیک و استعاری و دوپهلو بگوید و بنویسد و نمایش دهد. رییس اداره‌ی تئاتر البته تقریبن خیالش را راحت کرده بود که به دلیل خوش نامی‌اش به عنوان استعداد تازه‌ی تئاتر کشور و جایزه‌ی سال پیشش در فستیوال بلژیک و درخشش تئاتر مدرنش در جشنواره‌ی گذشته و البته پیس درجه یِکش، از حمایت‌های ویژه و همیشگس او برخوردار خواهد بود و نگران بگیر و ببندهای مجوز و سالن و وقت نباشد.

نفهمید از کجا یاد *آلیس در سرزمین عجایب* افتاد اما فشارهای مرد میان‌سال وارفته که بیشتر شد فکر کرد که دارد کم‌کم بزرگ می‌شود و همه‌ی فضای واگن مترو را می‌گیرد. صدایی از موبایلش بلند شد. مونا پیامش را دیده بود.

- وااای مبارکه!!! باورم نمیشه... یعنی گرفتیش؟

بازویش را کمی جابه جا کرد تا بتواند انگشتانش را به صفحه‌ی موبایل برساند، گرچه فکری شد الان از توی حلق مرد میانسال وارفته در می‌آید.

- هنوز که نه اما اوکی اولیه‌شو دادن.

تا آمد شکلک خنده‌ای، گُلی، جامی چیزی بفرستد صفحه‌ی موبایلش پر از بوسه شد.

- ای جووونم.. کی بریم اجرا؟

مرد میانسال علاقه‌ش را به پلنگ‌های نیمه‌برهنه‌ی اینستاگرام از دست داده بود و زل زده بود توی گوشی او. یک لحظه خواست بدهد مرد جواب دهد.

- آخر هفته بچه‌ها رو جمع کن پِیس رو بخونیم با هم. همه نقشا رو تقسیم کردم. فقط یه مرد ۵۰ساله کم داریم.

مرد میانسال با خواندن این یکی چشمانش برق زد و دستی به موهایش کشید و خودش را توی شیشه‌ی کناری واگن دید انداخت.

- بخدا اگه به من نقش اول ندی لباسامو درمیارم جلو شیرینی فرانسه سر چوب میکنم.

مرد میانسال با خواندن این یکی، آب از لب و لوچه آویخته خودش را توی خیابان انقلاب تصور کرد.

- تو همون دستیارمم به‌زور شدی. سالن مهرنوشو بگیر واسه جمعه.

مرد میانسال داشت دنبال ساعت دقیق و آدرس می‌گشت و خودش را بیشتر می‌چسباند.

- کو تا جمعه.. بزار واسه فردا...

مرد میانسال با شنیدن صدای *ایستگاه شهید بهشتی مسافرانی که قصد ادامه مسیر...* انگار به صندلی چسبیده باشد و یکی دو گُردان به زور بلندش کنند با اکراه و لب ورچیدن و نفرین به بخت بدش و در حالی که آخرین تکه‌های لباسش را به او می‌مالید، پا شد و همان‌طور که چشم به چشم و لب و دهان او دوخته بود سلاّنه و یک‌وری و مُردد به‌همراه جمعیت همیشه دیررسیده، از در واگن خارج شد و حتی با خارج شدن قطار از دیدش، چشم از سیاهی دَوّار روبرویش بر نداشت.

- نه باید برم یه کم مَدرک پَدرک جور کنم. کار دارم هنوز.

دیگر نه مرد میانسال بود که منتظر جواب شود و نه داخل مترو آنتن می‌داد. مردی مسن‌تر و مبادی آداب‌تر جای مرد قبلی را گرفت و جوری نشست تا نفس فروبرده‌ش بالا بیاید و عضلات منقبض شده و مچاله‌ش دوباره به حالت اول برگردند. داشت دست و پایش را کش می‌داد که متوجه نگاه‌های مخفی یکی دو جوان این سر و آن سر واگن شد که داشتند با چشم‌های‌شان قورتش می‌دادند و درسته می‌بلعیدندش. عادت داشت به این ارضاهای چشمی و سعی کرد راه‌هایی را که او را زودتر به مستندات تاریخی زینت و محکمه‌ش می‌رساندنش مرور کند. می‌توانست چشم بر پیشنهاد بی‌شرمانه‌ی *استاد نشانه‌های نمایشی* ببندد و از طریق او که مدیرمسئول یکی از مجلات تخصصی پرورش اسب بود به آرشیو غنی روزنامه‌های آن زمان دست یابد. یا برود سراغ پسر جوان چشم و ابرو مشکی و خوش سر و زبان صاحب کافه‌ی پایین مجتمع که گفته بود آشنایی خیلی نزدیک در دادسرا دارد و می‌توانست برود و پرونده‌های آن سال‌ها را زیر و رو کند. شاید حتی می‌توانست از طریقی برود ثبت احوال و بتواند مدرکی سندی سِجلی چیزی از آقاخان یا زینت پیدا کند

و بگردد دور شهر دنبال بچه‌ها و نوه‌ها و نتیجه‌های‌شان تا شاید آن‌ها حکایت مادر مادربزرگ‌شان را برایش نقل کنند.

هوای خفه‌ی واگن طاق تحمل برایش نگذاشته بود و جفت چشم‌هایی که تعدادشان بیشتر شده بود و مدت خیره‌گی‌شان، و برق زرد دندان‌ها از توی دهان‌های آب افتاده. سرش را بندِ فصل خرده پیرنگ کرد و هایلایت‌هایش روی زیرمتن و ارجاعات *الیا کازان*. اما نتوانست خزیدن آرام و بی‌هوای پیرمرد را که خودش را به مانتوی مشکی ضخیمش می‌مالاند تاب بیاورد.

صفر

می‌دانست دود سیگارش هم برای خودش دردسرساز است و هم برای انبوه نگاتیوها و پوسترها اما وقعی نمی‌داد. جوری پُک می‌زد و دود را می داد توی هوا که لحظاتی به جای دلبری‌های *نیتا نالدی* از *رودلفو والنتینو* فقط بازتاب‌هایی سیاه می‌دید توی تراکمی سفید. از توی پنجره‌ی کوچک آپارات‌خانه زل زده بود به پرده‌ای که چند وقتی بود به صرافت عوض کردنش افتاده بود تا یکی از این جدیدترها و عریض‌ترها که دیاموند تازگی آورده بود نصب کند و البته بدهد نیمکت‌ها را، نیمکت که نه، پیت‌های حلبی ردیفی که رویش تخته‌های چوبی سفت و یک تکه‌ای گذاشته بود برای نشستن خلق‌الاه با آن همه قیژ و ویژش، با این نیمکت‌های چوبی بی‌صدا و راحتی که توی سالن شهرفرنگ چیده بودند عوض کند. صدای بلیت فروشش که داشت میان پرده‌های بین حلقه‌ی اول و دوم را با غلط‌های فراوان اما داغ و شورانگیز می‌خواند بلند شد و آه از نهاد برآمده‌ی سی چهل نفر مردی که توی سالن، خودشان را جای *والنتینویی* گذاشته بودند که هم‌زمان زن زیبارویی داشت و اغوای زن زیبارویی دیگر می‌شد. با اینکه یک سالی می‌شد سینمایش را راه انداخته بود و حالا اسمی در اسم‌ها داشت و سری در سرها و سالنش با تمام کوچکی، بلیت فروشی خوبی داشت در بین همان سالن‌هایی که تعداشان به انگشت یک دست نمی‌رسید، اما کمتر زنی به سینمایش آمده بود و جلوی

پرده‌ی جادویش نشسته بود. یادش بود وقتی تازه از سفر طولانی‌اش به پاریس برای تجارت زعفران و بالهنگ و سیاه‌دانه برگشته بود چه طور فکر اینکه عمارت جَدّی‌اش را تبدیل به سالن سینما بکند -آن‌هم همه‌اش به عشق *لیلین گیش* که عجیب دل به تصویرش داده بود و اگر فرصت می‌داد و می‌توانست به این کشور کُفر، آمریکا سفر کند بدش نمی‌آمد پیدایش کند و ازش بخواهد متعه‌اش شود حتی اگر مسلمان هم نباشد که همه‌ی فیلم‌هایش را دیده که نه نوشیده بود جرعه جرعه، از *جنگ زن و مرد* و *گوژپشت* و *خواهران* و *تعصب* تا *هیچ‌جا خونه‌ی خود آدم نمی‌شه* و *دشمن انسان* و *تولد یک ملت* و حتی همین چند وقت پیش، تمام یک هفته‌ای که داشت فیلم *شکوفه‌های پرپر* را در سالنش نمایش می‌داد، خودش هم می‌رفت و در آپارات می‌نشست و تا *لیلین گیش* می‌آمد روی پرده های‌های گریه می‌کرد- شب و روز برایش نگذاشته بود و آخر سر با اینکه تقریبن همه‌ی بزرگان محله از میرزا سلیم و حاج نایب و سید رضا و آقاخان تا موثق و گرگعلی و دارودسته‌ی حیدر، بد مخالف بودند و خط و نشان کشیده بودند و تهدید هم کرده بودند، سالنش را در شب میلاد امام هشتم افتتاح کرده بود و البته اولش هم خیلی احتیاط کرده بود که فیلم‌هایی را بیاورد که مایه‌های عشق و عاشقی نداشته باشد و لُختی و صحنه‌های آنچنانی نه و خودش هم برای اینکه خبرچین‌ها می‌رفتند برای پیش‌نمازها و طلبه‌ها و مسجدی‌ها و منبری‌ها و حاجی بازاری‌ها نمّامی می‌کردند، می‌رفت بین پرده‌ها و داستان‌ها را عوض می‌کرد و خطی مذهبی به وسترن‌های آمریکایی می‌داد و عشق‌های سوزان دوست‌پسر دوست‌دخترهای خوش بَرو و رو را زن و شوهری جلوه می‌داد و آخر فیلم‌ها را به حدیثی روایتی آیه‌ای چیزی ربط می‌داد. گرچه دو سه باری پرده‌های نمایشش را که زنی با موهای بلوند و لب‌های ماتیک‌زده را نشان می‌داد پاره کردند و اعلان‌های

فیلم‌هایش را جلوی سالنش سوزاندند و اهل محله را تهدید کردند سینما رفتن یعنی رفتن از محل، اما جادوی تصاویر متحرک و عاشقیّت بر پرده و زنان فرنگی و موهای شرابی ریخته روی شانه‌های لخت و برجستگی‌های بیرون‌زده از یقه‌های باز و اسب و تفنگ و قطار، کم کم کنار مسجد و مکتب جا باز کرد و سینما *لیلیان* شد جزو لاینفک محله و حالا دیگر حتی حیدر و نوچه‌هایش و همه‌ی میرزاها و حاجی‌ها و مشتی‌ها و همه‌ی کاسب‌ها و پاسبان‌ها و مکتبی‌ها و دولتی‌ها مشتری‌های ثابتش بودند الا آقاخان و مش‌رحمت و جماعت طلبه. فقط نتوانسته بود پای نسوان را به سالن بکشاند و جز خانواده‌ی خودش و ارمنی‌هایی که به واسطه‌ی لویی باهشان بُر خورده بود و عشرت‌بانو و اهل و عیال کاشانچی که مخفیانه می‌آمدند و می‌رفتند، سینما لیلیان زن به خودش ندیده بود.

سکوت عجیب سالن دوباره برش گرداند. بخش‌های گاوبازی فیلم شروع شده بود و جدال انسان آن هم والنتینو و گاو آنقدر نفس‌گیر بود که نفس هیچ کس بالا نمی‌آمد. خیلی دلش می‌خواست اسم فیلم را تغییر دهد. به نظرش *خون و شن* مزخرف‌ترین اسم برای همچین داستانی بود. حتی فکری شده بود اعلان‌های فیلم را به نام *گاوباز عاشق* یا *گاوبازی اسیر هوس* یا *عشق و رسوایی گاوباز* بگذارد. اما دست آخر پشیمان شده بود و فقط زیر اسم *خون و شن* درشت نوشته بود *رادولف والنتینوی نامی در نقش گاوبازی قهار در دام ماجرایی هوس‌آلود می‌افتد.* صحنه‌های گاوبازی که تمام شد و همان معاشقه‌هایی که همه منتظرش بودند دوباره سر رسید، چشمش از دریچه‌ی کوچک روبرویش افتاد به روزنامه. تیتر و مطلب بزرگ صفحه‌ی اول کنایه‌ای بود به مشیرالدوله که یک‌ماهی می‌شد دوباره به نخست وزیری رسیده بود که اگر این بنده‌ی خدا کاری بلد بود و چیزی حالیش می‌شد پنج‌ماهه برش

نمی‌داشتند و البته یک‌جوری که خیلی هم ناجور نشود احمدشاه را زیر سئوال
برده بود که بعد از کودتای سردار سپه و قدرت گرفتن قوام‌السلطنه و فروغی،
چطور کشور را به فنا کشانده است. البته همه جا نقل شده بود این دولت هم
دوامی ندارد همان‌طور که بعد از کودتای اسفند ۱۲۹۹، پنج دولت طی دوسال
سر کار آمدند. اینکه به زودی خود رضاخان بر کرسی نخست وزیری می‌نشیند
و بعید است با این یال و کوپالی که به هم زده و قدرت نظامی که پشتش
ایستاده و حمایت‌هایی که انگلیسی‌ها و روحانیون و سیاسیون و روشنفکران
ازش می‌کنند حالاحالاها آن را به کسی بدهد. برای همین مطبوعه‌ها هم
حساب کار دستشان بود و کمترین انتقادشان را به سمت سردار سپه می‌بردند
که شایع شده بود مثل اقندارش در تاریخ نیامده و حتی لنین هم به گرد پایش
نمی‌رسد. صفحه‌های دیگر هم خبرها و گزارشاتی بود از قول‌های دولت جدید
مبنی بر اصلاح امور فلاحان و بهره‌برداری از معادن و ایجاد شغل جدید و
توسعه‌ی سوادآموزی و تأسیس راه‌آهن و تکمیل راه شوسه و اصلاح وضع
مالیه‌ی کل کشور. مقاله‌ای را هم نویسنده‌ی ناشناس اما شجاعی درباره‌ی
واگذاری امتیاز نفت شمال و تاراج انگلیسی‌ها نگاشته بود. ورقی که زد
چشمش به شکایت‌هایی از وضع نابسامان معیشت روستایی‌ها و اوضاع بلبشو و
رشوه بگیری در عدلیه و نظمیه و ژاندارمری و بلدیه افتاد و بعدتر به مقاله‌ای
درباب حاج میرزا یحیی دولت‌آبادی شاعر و خوشنویس نامی که البته به
حمایت از سردار سپه مشهور بود. دیدش. همان چیزی را که توی این روزها
هر روز می‌دید و می‌خواند.

آپارات‌چی از حجم دود سیگار سرفه‌اش گرفت و هرچند تلاش کرد آن را
در گلو خفه کند نتوانست. اما ذهن ابراهیم‌خان جای دیگری بود. دیروز را به
یاد می‌آورد که چگونه به همراه میرزا حبیب که از آدم‌های عدلیه بود و اتفاقن

از دوستان غار آقاخان، به سراغ یکی دو نفر رفته بودند در ساختمان اصلی عدلیه تا ماجرا را ختم به خیر کنند. با خودشان هم حدس زده بودند با گشاد کردن سر جیب و چند فقره دست و دلبازی، دل پاسبان و قاضی و ژاندارم را به دست می‌آورند و دوسیه را می‌بندند قبل از اینکه کار به محکمه‌ی جنحه برسد. اما وقتی فهمیدند به دلیل اتهامی که پاسبان به‌شان زده و گزارشی که از صحنه نوشته پای مدعی عمومی و حاکم شرع به ماجرا باز شده و هیچ رابط و رابطه‌ای جلوی تشکیل محکمه را نخواهد گرفت، سنگ روی یخ شده بودند و مثل شمع‌های شام غریبان وا رفته بودند و دست از پا درازتر برگشته بودند. باید از اینکه پاسبان شرم کرده بود توی گزارش محمدصدرا را مقصر عمل منافی عفت عنوان کند، چون پاسبان را می‌شناخت و هربار که عصرهای پنج‌شنبه برای دیدن فیلم‌های عشقی هندی به سینما می‌آمد از او پول نمی‌گرفت، خوشحال می‌بود اما آقاخان و خانواده‌ش مانند خانواده‌ی خودش بودند و با اینکه آقاخان تا به‌حال پایش را حتی توی کوچه‌ای که سینمای او قرار داشت نگذاشته بود اما آن‌قدر به هم اطمینان داشتند که راز مشترک داشته باشند و هر دوی‌شان چهارشنبه شب‌ها بی آنکه کسی، حتی شیخ حسن خوانساری و شیخ محمد تقی بجنوردی، خبردار شود کیسه‌های نخود و برنج و قند به در خانه‌های محتاج‌ها ببرند.

دیگر داشت فیلم به آخر می‌رسید و والنتینو که فهمیده بود اسیر وسوسه‌ی زنی هرزه شده است در پی برگشت به آغوش *لیلا لی* جذاب بود و البته که زنش نپذیرفتش و مردان توی سالن هم که خودشان را جای گاوباز عاشق! گذاشته بودند ته دل‌شان از اینکه به هر حال هر دو زن را تجربه کرده قنج می‌زد. فکری شد بهتر است همین فردا صدرا را بفرستد فرنگ. می‌توانست برود پاریس که آنجا دوست و آشنا کم نداشت و هنوز هم یک دانگ از تجارت‌خانه‌ی موسیو

لوقوئن به نامش بود. حتی می توانست بفرستدش این کشور کفرآمریکا که همه تعریفش را می کنند و با اینکه خیلی دور است اما می گویند مهد تمدن و آزادی و توسعه است. به هر حال باد فرنگستان به سرش بخورد و چشمش به لعبت‌های بلوند رعنای نیمف برهنه‌ی همیشه خندان بیفتد و رقص خیابانی ببیند و تئاترهای آنچنانی و در حال و هوای شانزه لیزه و مونتانیه و ریوولی و سوفلو و مارتیر و آبره ووار و سِن بچرخد عاشقیت از یادش می‌رود و زینت. باید سریع‌تر تصمیمشش را به گلی‌جان هم می گفت.

والنتینو در آخرین گاوبازی‌اش کشته می‌شود و اشک از چشم قصاب و ژاندارم و لوطی و غسال و مردان ریشو و سبیلو جاری. هیچ کس هم نفهمیده آپاراتچی حلقه‌های دوم و چهارم فیلم را جابجا پخش کرده است. حتی میرزا ابراهیم.

یک

- میتونی؟

پسر زل زده بود توی چشم‌های میشی‌َش، که نه عسلی، که نه بلوطی، که نه کاراملی، که نه نسکافه‌ای‌ش... شاید داشت ترادف بی‌نظیر رنگ آن‌ها را با لاته‌ای که خامه‌ی قلب‌طورش ناجور و گل‌درشت توی فنجان سفید استخوانی خودنمایی می‌کرد، و خودش با چه مهارت و وسواسی چند دقیقه‌ی پیش تزیینش کرده بود تحسین می‌کرد. شاید هم داشت دسته‌زلف مجعّد و سُرخورده از زیر شال گلبهی نازکش را دید می‌زدکه به یک جور شکلاتی فندقی می‌زد یا قهوه‌ای مِسی یا ماهاگونی روشن یا اصلن شرابی انگوری، و لعنت می‌فرستاد چرا نمی‌تواند با شراب قرمز دست‌ساز گارنیک پنجه‌طلا ازش پذیرایی کند. لحظه‌ای حتی فکری می‌شدی پسر، در موج آرام و رویاگون لب‌های قرمز مرجانی‌َش که یک جاهایی به عنابی خوش رنگ می‌زد و یک جاهایی هم به گیلاسی پررنگ یا یاقوتی کم‌رنگ یا جگری سیر یا تاج‌خروسی گرم یا روناسی سرد یا اناری و آلبالویی و لاکی و آتشی و اصلن هزار تا پرده‌ی تحریک‌آمیز از این رنگ سرخ لعنتی، دارد غرق می‌شود، دست و پا می‌زند، خفه می‌شود، اما نه توان بیرون آمدن دارد و نه دلش را.

یک سالی می‌شد که کافه‌ی کوچک اما صمیمی و گیرایش را توی طبقه‌ی همکف این مجتمع شلوغ راه انداخته بود و با اینکه اوضاع اقتصاد به سامان نبود و مردم بیشتر دنبال نان و آب‌شان بودند تا موکا و ماکیاتو، اما خلاف بقیه‌ی

کافه‌های مگس‌پران دور و بر، مشتری‌هایش را داشت و برو‌بیایش را و دخلش خالی نمی‌ماند. می‌توانست اجاره‌اش را بدهد و خرج همان چهارپنج نفری که برایش کار می‌کردند را و تهش هم چیزکی برایش بماند که زیاد نبود اما راضی بود به روزیَ‌ش. خیلی‌ها بیشتر برای خودش می‌آمدند، گرم و گیرا و خوش‌صحبت و اهل کلام که مشتری‌ها را یک به یک به خاطر می‌سپرد و حتی یادش بود چند وقت پیش آمده‌اند و کجا نشسته‌اند و دو تا قهوه دَمی وی۶۰ با کیک گردو سفارش داده‌اند یا خیلی با ماسالا تی حال نکرده‌اند یا دمنوش بهارنارنج را به آیریش کرِم ترجیح می‌دهند یا کنار دبل اسپرسوی‌شان شکلات شیری باشد بیشتر می‌پسندند تا تلخ یا قبل ظهرها میل‌شان به چه می‌کشد و غروب‌ها چه یا وقتی توی خوشحالی گل تیم قرمز به آبی، که از تلویزیون بزرگ کُنج کافه پخش می‌شد، فرنچ پرس‌شان چپه شده بود کف زمین و گندی زده بود به همه چیز چه حسی داشتند یا کوکتل‌میوه بازند یا ادای قهوه‌ترک خورها را در می‌آورند و خیلی یا های دیگر. می‌دانست آن پسر بی‌موی چاق که پرایدش را دورتر پارک می‌کرد و مال آن مجتمع نبود چه جوری بست می‌نشست روی میز جلوی تلویزیون کافه و دخترها را موقع بلع تکه‌های بستنی زعفرانیَ‌ش دید می‌زد و با نگاه می‌خوردشان — و او هم این دوسه بار آخر یک جوری تحویلش گرفته بود که احتمالن برای دید زدن‌های آینده‌اش باید کافه‌ی دیگری پیدا می‌کرد- می‌دانست آن دختر لاغر عینکی طبقه‌ی هشتم هر وقت توی خانه‌ی شلوغ‌شان نمی‌توانست درس بخواند، می‌آمد میز تک نفره‌ی کنار پنجره و هندزفری‌ش را می‌زد و می‌رفت لای دفترکتاب‌های شیمی تجزیه و آلی و معدنی‌ش و برای اینکه بیشتر بماند مجبور می‌شد چند بار قهوه‌ی تلخ خالی سفارش دهد — و او هم بدون آن‌که خود دختر بفهمد همیشه نیمی از فنجان‌هایش را حساب نمی‌کرد- می‌دانست

تیم پرسروصدای هفت نفره‌ی هَنگ مجردها را که بچه‌های همان مجتمع بودند کِی‌ها سر و کله شان پیدا می‌شود و می‌شوند بمب انرژی برای کافه و آدم‌های توی‌ش و البته کل طبقه‌ی همکف با ساز و آواز و ترانه و اگر نگهبان حیض و خبرچین مجتمع آنجا نبود، رقص و سرخوشی و پایکوبی را هم می‌افزودند- و او می‌دید نگاه‌های آتشین پر خواسته‌ی دختر طبقه‌ی سوم و پسر طبقه‌ی نهم را که چه شوری و شوقی به‌هم داشتند اما مجبور بودند قوانین هنگ را که ارتباط بین اعضا را مجاز نمی‌شمرد رعایت کنند- می‌دانست دختران گل‌باز لاک‌مشکی که برای تور کردن مردهای متاهل و غمگین به کافه می‌آمدند چه موقع می‌توانستند بالا بروند و خودشان را روی تخت طرف ولو کنند- و او چه می‌توانست بکند؟!- می‌دانست آن زن میان‌سال جذاب خوش‌پوش هر سه شنبه با یک مرد ثروتمند یا زن شکست‌خورده یا جوان عاشق یا پیر شکاک یا زوج سرگردان قرار می‌گذارد و فال قهوه‌شان را می‌گیرد و چهارتا دَری وری تکراری به خوردشان می‌دهد و آن‌ها را خنده‌کنان و دل غنج‌زنان روانه می‌کند و پول میز و قهوه را هم دوبرابر می‌گذارد زیر جاسیگاری. و البته زن اصلن هم بدش نمی‌آمد با او رلی بزند و بیرونی برود و معاشقه‌ای بکند و او هم با وجود ۱۰ سالی که ازش کوچک‌تر بود، اما چندباری دلش خواسته بود تا هم‌قدم این خلقت ظریف و جذاب و هوس‌انگیز شود. اما نمی‌توانست. یا شاید نمی‌خواست. از وقتی دختر جوان طبقه‌ی ششم، راهروی غربی، واحد ۶۱ پایش را گذاشت توی کافه، او دیگر نمی‌دانست چه می‌خواهد و چه نمی‌خواهد. شش ماهی می‌شد دختر هر چند روز یک بار می‌آمد، بساط توی کیفش را می‌ریخت روی میز کنار پنجره- که او همیشه برای دختر رزورش می‌کرد حتی آن چندروزی که نمی‌آمد- لپ تاپش را باز می‌کرد و کاغذهایش را می‌چید روی میز و با خودکار و قلم می‌افتاد به جان آن‌ها. و او عاشق شده بود. شده

بود؟ یکی دوباری بیشتر از رابطه‌ی مشتری-کافه‌دار به سراغش رفته بود و شیرین‌زبانی کرده بود و از کتاب‌های جدیدی که برای کتاب‌خانه‌ی پروپیمان کافه خریده گفته بود و از سوزان سانتاگ و آلن دوباتن و مارگارت دوراس و هانا آرنت و نوح هراری داستان بافته بود و کیکِ سفارش نداده کنار دمنوشِ نعنافلفی سفارش داده‌ش گذاشته بود و گلِ سرخ توی گلدان سوسن روی میز او -فقط- جا داده بود، اما دختر یا غرق در نوشتن بود یا خیره به صفحه لپ‌تاپ یا در افکارش غوطه‌ور، که اصلن او را نمی‌دید و جز لبخندی سرد، چیزی تحویلش نمی‌داد. اما آن روز...

پسر زل زده بود توی چشم‌های میشی‌َش، که نه عسلی، که نه بلوطی، که نه کاراملی، که نه نسکافه‌ای‌ش...

- میدونی شیش ماهه منتظرم تا به جای اینکه از بغل صورتتو ببینم، چشم تو چشمت بندازم؟
- بنظر نمیاد فقط چشم تو چشم باشه... الان داری همه جامو دید میزنی. نه؟

پسر لبخند زد. دختر علاوه بر زیبایی و متانت و وقار، ملاحتی دلنشین هم داشت. نگاهش را به اجبار از چشم و ابروی و زلف و لب و دهان دختر انداخت به اسپرسوی مقابلش. نخ سیگاری را از جیبش درآورد و بین انگشتانش دواند.

- اسپرسو سرد نشه خوشگل خانوم...
- محض اطلاع من قهوه‌خور نیستم. سیگار نمیکشم. مشروب نمیخورم. قصد رابطه‌ی جدید رو هم فعلن ندارم. اینا رو گفتم که اگه قراره کمکی بکنی بدونی احتمالن در ازاش چیزی گیرت نمیاد!

سیگار را از وسط دولا کرد و پرتاب کرد توی جاسیگاری. چقدر از این نمایش سرسختی و اقتدار و جدی بودن دختر خوشش می‌آمد. گرچه

می‌دانست طبق نظریه‌ی تکامل، تنها مکانیسم دفاعی اولیه و امتحان پس‌داده‌ی بشر است.

- چیزی نمیخام... همین که هر وقت میای بشینم روبروت و نگات کنم بسه..

- پس یادم باشه کارمون تموم شد مشقامو برم کافه‌ی سر سه‌راه بنویسم!

پسر فکر کرد چه معجون جذابی از مطایبه و ظرافت است. نمکین و شکرین بودن توامان. داشت دلبری می‌کرد؟ یا نیش می‌زد؟ مطمئن نبود.

- پس باید برم از همین الان با اون کافه‌دار قددرازش تسویه حساب کنم...

دستانش را به هم فشرد. دختر ارزشش را داشت. می‌دانست تصاحبش به این سادگی‌ها نیست و راهش برای رسیدن، طولانی و سخت است، اما دختر ارزشش را داشت.

- میتونم.

- میتونم واقعی یا وعده سر خرمن؟!

- فکرکنم از اون واقعیا...

- خوبه. دستت درد نکنه.. کمک بزرگ بهم میکنی... هیچ وقت این لطفت یادم نمیره... آقاپسسسرا!

نفهمید آخرش را به طعنه گفت یا غمزه، ادا و اطوار بود یا دوست داشتن درش بود یا تحقیر، اما کشش کلامش وقتی واژه‌ها را هل می‌داد بیرون و جذبه‌ی نگاهش وقتی دوخته می‌شد توی چشمانش، دروغ نبود.

- الان زنگ میزنی بهش ببینی من کی میتونم برم پرونده‌های قضایی اون سال رو بخونم؟

صفر

یک هفته‌ای می‌شد خانه‌نشین شده بود. از بعد از آن اتفاق لعنتی و اتفاق‌های لعنتی بعدش به توصیه و تاکید قیمت‌خاتون که هم عتاب والدانه ضمیمه‌ش بود و هم مهر مادرانه زمینه‌ش، پایش را از اندرونی بیرون نگذاشته بود و خودش را گرم همان درس و مشق‌های قدیمی مدرسه‌شان کرده بود یا در پخت و پز و بشور و بساب و رفت و روب و ببر و بیارِ خانه کمکِ قیمت می‌شد یا توی زیرزمین آنقدر لی‌لی می‌کرد تا خط‌های گچی سفید از رو می‌رفتند یا یواشکی که زکیه و زینب نفهمند و راپورتش را به مادر بدهند سراغ گیس‌طلا می‌رفت و ساعت‌ها با عروسک پارچه‌ای، که ننه بَسگل که مادر ناتنی مادرش بود و توی یکی از دهات‌های ری با دایی‌ها و خاله‌های ناتنی که از تنی‌هایش بیشتر دوست‌شان داشت زندگی می‌کرد و هر تابستان برای‌شان گوجه و بادمجان و کدو می‌فرستاد به قدر کفایت یک سال، برایش با تکه پاره‌ی ملحفه‌های رنگ‌رنگ قدیمی و چادرهای گل‌دار وارفته و کوسن‌های زربفت درب و داغان درست کرده بود با آن چشم‌های کم سویش، حرف می‌زد و درد دل می‌کرد و قصه می‌بافت و خاطره می‌گفت. زینت می‌گفت. می‌گفت از طلعت صمیمی‌ترین دوست دوران کودکی‌ش که هم سن بودند و بچه‌ی دومش را پا به ماه بود و بچه‌ی اولش که پسر شر و شیطانی هم بود را تازه از شیر گرفته و نگرفته بود و به قول بی‌بی گلاب نی قلیانی شده بود توی این چند وقت. از

اختر دختر عزت که سه سالی ازش کوچک‌تر بود و به زنیِ همین شاگرد نانوایی سر کوچه داده بودندش ماه شوالّی و چه سور و ساتی هم راه انداخته بودند و کل محل را چراغانی کرده بودند و آبگوشت مفصلی داده بودند. از فخری هم‌بازی همیشه خندانش که شده بود هووی خواهر اقدس آن هم‌بازی همیشه خندان دیگرش و همه‌شان با هم توی خانه‌ی نساء مادرشوی‌شان که از امامزاده پایین‌تر بود زندگی می‌کردند. از صفیه و صفورا دوقلوهای بدری که تازه به تکلیف رسیده بودند و هنوز بلد نبودند جوری چارقدشان را کامل روی سر بکشند که نامحرم تار مویشان را نبیند و یاد نگرفته بودند طوری توی کوچه و بازار راه بروند که مردها صدای خنده‌شان و صحبت‌شان و قدم‌زدشان و نفس‌کشیدن‌شان را نشنوند و بدرالنسا داشت فهرستی از پسران دست توی جیب متشرع باخانواده را با شوهر بزازش مرور می‌کرد. این‌ها را می‌گفت و گیس‌طلا به جان گوش می‌کرد و بعضی وقت‌ها دلش غنج می‌رفت و سر کیف می‌شد و حتی دقت می‌کردی گوشه‌ی لب و دهان قرمزش که از تکه‌ی رو صندوقی نیم قرنه‌ای می‌آمد خط لبخند می‌افتاد. البته زینت نمی‌گفت یا نمی‌دانست که بگوید یا به رویش نمی‌آورد که طلعت سر بچه‌ی دومش آن‌قدر درد کشید و آن‌قدر لاغر شده بود و آن‌قدر ماما دیر آمد و آن‌قدر دست روی دست گذاشتند که سرِ زا رفت و دخترش البته ماند. یا اختر که بعد از اینکه چند ماهی حامله نشد چو افتاد که اجاقش کور است و سر سال نرسید شویش طلاقش داد و دختر خاله‌اش را به زنی گرفت که اتفاقن از او هم بچه‌ای نیاورد. یا فخری که از راه رسیده و نرسیده چنان کتک مفصلی از نساء، مادر شویَ‌ش، خورد که چرا جلوی پایش بلند نشده و هنوز جاگیر خانه‌ی بخت نشده بود چنان کتک مفصلی از عقیل، شویَ‌ش، خورد که چرا دُلمه‌اش نبسته و هنوز عرق تنش خشک نشده بود چنان کتک مفصلی از خواهر اقدس، هوویش

خورد که چرا حسودی بچه‌های او را می‌کند که وقتی خبر حامله‌گی‌ش را می‌داد تقریبن جای سالم و کبود نشده و دلمه نبسته توی تنش نبود. یا صفورا و صفیه که یکی‌شان را مردی افغان به زنی گرفت و به ولایتش برد هزارها کیلومتر دورتر و یکی‌شان را که زن قنبرعلی دیده بودش در همکلامی با بلورفروشی دوره‌گرد و همه جا جار زده بود حکمن با هم سَر و سِری دارند توی خانه ماند و ترشید و به زنی نرفت.

اما زینت جوری که حتی آجرهای دیوار هم نشنوند و فرشته‌های روی شانه‌های چپ و راستش نشنوند و جفت شاپره‌های زیر قاب پنجره نشنوند گفت از محمدصدرایش. از اینکه چه قدر بخت یارش بوده تا به بهانه‌ی مدرسه و سواد و البته حمایت‌های مادرش، قیمت که برایش گران هم تمام می‌شد و باید با غر و لندها و نق و نوق‌های آقاخان و طعنه‌ها و تکه‌های فامیل دور و نزدیک و پرت و پلاها و دری بری‌های در و همسایه و توصیه‌های شرعی و دینی پامنبری‌ها و طلبه‌ها می‌جنگید و خوب هم می‌جنگید. حتی یادش می‌آمد یک بار مادرش خسته از چرند و پرندها، او را صبح جمعه توی شلوغ‌ترین وعده‌ی گرمابه گلستان با خودش برده بود و توی شرم و حیای دختر، لخت و عورش کرده بود تا همان خانباجی‌ها که به دختر ماه پاره‌اش مُهر عیب‌ناکی می‌زدند ببینند چه پاره‌ی ماهی روی زمین افتاده و چه پنجه‌ی آفتابی روی زمین تابیده و چه انگشت بارانی روی زمین باریده و چه گله‌ی برفی روی زمین پاشیده. آرام در گوش‌های گیس‌طلا که ماحصل کنار آمدن پرهای بوی‌ناک زرد شده‌ی داخل بالش قدیمی بَسگل با تکه‌چادر گل‌آبی خاله زری بود، معترف شد آنقدر دلش برای محمدصدرا تنگ شده و آنقدر هوایش را کرده و آنقدر فکری‌ش است که چندباری خواسته از در کوچک پشت انباری بزند توی کوچه شهباز و از آنجا خودش را برساند به تخت‌حوض و از گذر

چنارستان بگذرد و برساند خودش را جلوی عمارت ابراهیم‌خان و فریاد بزند هوار بکشد که آمده تا جانش را ببیند. شاید هم یواشکی می‌رفت تو و همان‌طور که صدرا با آن سبیل تازه رسته و زلفان سیاه یک‌ور آب و شانه کرده و گونه‌های استخوانی مردانه و پیشانی بلند کشیده به ناز خوابیده دستش را می‌گرفت و عطرش را بو می‌کرد و تنش را می‌نواخت و لبش... با اخم گیس‌طلا زینت به خودش آمد و لبی گاز گرفت و شیطان را لعنت فرستاد و صد تا عَم یُجیب برای کفاره‌ی گناهش کنار گذاشت.

کوبه‌ی در خانه که به صدا درآمد بی‌توجه به بی اجازه‌گی‌ش در باز کردن هر دری، مخصوصن در بیرونی، مثل فنر از جا جهید و پای برهنه زد توی حیاط و از توی آب تا زانوی حوض فیروزه‌ای رد شد و از توی باغچه‌ی گِلین تازه کاشته شده رد شد و از توی شکاف سنگفرش‌های یکی در میان شکسته و تیز رد شد تا به در برسد. قیمت‌خاتون با اینکه ممنوعش کرده بود و حسابی نهیبش زده بود اما از پشت پنجره زردآبی هشتی می‌دید پرواز دخترش را و در دل به این حجم جسارت صیقل نیافته تبریک می‌گفت. زینت دنبال چه می‌گشت و پی که تا پشت در آمده بود و تصور داشت با باز شدن در، چه تصویری روبرویش قرار گیرد که دیدن مه‌لقا آن‌طور مثل یخ آبش کرد فقط قیمت می‌دانست. و شاید مه‌لقا وقتی که وارفتن صاحبخانه را دید. چاق سلامتی کرد و احوالی پرسید و سلام هم‌شاگردی‌ها مخصوصن نازگل و راضیه و شهربانو را رساند و درس آخر خانم تدیّن را نشانش داد و تکلیفش را گفت و مطایبه‌ای کرد و سقلمه‌ای زد و وقتی دید زینت نه حال درس و مشق دارد و نه دل و دماغ شوخی، بساطش را جمع کرد که برود خانه و بنشیند با مَلی قالی نیمه‌کاره را بیش و کم جلو ببرد که باید سر برج تحویل می‌دادند به کل‌عباس جای قرض سال گذشته‌شان. زینت هم خیلی بدش نیامد مه‌لقا برود و تنهایش بگذارد

که باز در برکه‌ی آرزوهایش شنا کند و در دریای رویاهایش غوطه بخورد و در اقیانوس امیدهایش غرق شود. که باز در خطه‌ی خطیر خاطره گم شود و در واحه‌ی واهی اوهام رها شود و در خیل نخل‌ستان خیال سرگردان. که باز... مه‌لقا داشت می‌رفت و زینت داشت می‌بست و قیمت داشت می‌دید، که دخترک با لبخند ریز طعنه‌آمیز سرخوشانه‌ی هوسناکی چشم و ابرویی آمد و چیزی را بین کاغذهای کاهیِ حساب گذاشت و به طرفه‌العینی توی دست دخترک انداخت و تا زینت آمد ببیند آن چیز چیست و به چه کارش می‌آید غیب شده بود. در را که می‌بست کاغذ نیمه مچاله شده را بیرون آورد و تایش را باز کرد و با کلمه‌ی اول، از خود بی خود شد. به نفس افتاد. غرق عرق شد. تب تن گرفت. به در چوبی زمخت تکیه داد که نه سُر خورد روی آن و روی زمین سرد خیس نشست که نه افتاد روی آن. در برق چشمان زینت که با خواندن هر خط و جمله و کلمه و حرف، بر تَری‌ش افزوده می‌شد قیمت‌خاتون می‌دید حکایت دل‌برانگی و دل‌دادگی و دل‌سپردگی و دل‌باختگی و دل‌سوختگی و دل‌شدگی اعصار و ازمنه و قرون را. می‌خواند آیه‌ی شوریدگی و سوره‌ی شیفتگی و حدیث مشتاقیّت و روایت شیدایی ادیان و شرایع و مذاهب را. می‌شنید پژواک مهرورزی و ندای خاطرخواهی و نوای اُنس و طنین وِداد گذشتگان و حالیّون و آیندگان را. عظمت تاریخ داشت در جغرافی کوچک روبرویش تکرار می‌شد.

خط آخر را دوباره و دوباره خواند. سعی کرد بکشد توی نفَسش و ببرد توی تک تک سلول‌هایش و سنجاق کند به جانش. خط آخر را با آن خط زیبای شکسته‌نستعلیق محمدصدرایش دوباره و دوباره خواند:

عاشقی حرفه‌ی ارزانی نیست ....

یک

معنای واژه‌ی در پوست خود *نگنجیدن* را حالا می‌فهمید. در پوست خود نمی‌گنجید. جلویش کلی کاغذ رنگ و رو رفته و مجلد صحافی شده ریخته بودند و کامپیوتری که پر بود از تصاویر اسکن شده باکیفیت و بی‌کیفیت. بعد از گشت زدن توی ۳۷ پرونده‌ی قضایی بین سال‌های ۱۳۰۰ تا ۱۳۰۵ که ممکن بود خط و ربطی با زینتِ نمایش او داشته باشد، با هر ترفندی که بود و بدون اینکه باجی، گرایی، حالی، گوشه چشمی، چراغ سبزی چیزی به استاد به شدت کشِ‌تنبان شلِ *نشانه‌شناسی نمایشی* بدهد و او را به فیضی، بهره‌ای، نصیبی، سهمی، حظّی چیزی برساند، مجابش کرده بود به دوستان بانفوذش در سازمان اسناد و کتابخانه‌ها و برخی موزه‌های ملی زنگ بزند و او را معرفی کند. اولش دل توی دلش نبود و ترس همه‌ی وجودش را گرفته بود و تنش می‌لرزید که نکند بندی آب دهد و رابطه‌ی استاد و شاگردی کار دستش دهد و مرعوب و رامِ ادبیات فخیمانه و ادیبانه و متمدنانه‌ی استاد شود، مخصوص که او را به دفتر شیک مجله‌ش، *پرورش اسب اصیل*، دعوت کرده بود و او می‌دانست چندتایی از هم‌ترمی‌هایش را به بهانه‌ای، از تئاتر و موسیقی و شعر تا نشانه‌شناسی و نمادپردازی و اسطوره‌خوانی تا امپرسیونیسم و تولستوی و فلسفه‌ی شرق، به دفترش کشانده بود و روی مبل‌های بنفش بزرگش نشانده بود، در حالی که پُکی از پیپَش را می‌سراند توی هوای اشباع از بوی تند عطر و شهوت، و بعد

از بوطیقای *ارسطو* و جمهوریت *افلاطون* و سرمایه‌ی *مارکس* و اصالت بشر *سارتر* و *ابرانسان* نیچه و *کهن‌الگوهای* یونگ و *دیالکتیک* هگل و حرکت‌جوهری ملاصدرا و هولوتراپیک و پوزیتیویسم و مکتب فرانکفورت و جهان‌های موازی، در حالی‌که لباس‌های دخترکان را یک به یک می‌کَند، می‌رسید به فالوس و ساد و هنر اروتیک و شعر سکسوالیته و تکانه‌های جنسی و آزادی تاریخی بشریت در هم‌خوابگی و دست‌آخر که زیپ بالا می‌کشید و کمربند می‌بست، با فحش و تحقیر و تهدید، دختران بیچاره را گریان از فریبی باورنکردنی و اتفاقی هضم ناشدنی و آزرده از خاطره‌ای شوکران و اعتمادی خطا، از دفتر مجله‌ی *پرورش اسب اصیل* رهسپار می‌کرد توی جامعه‌ای امن و سالم و مطمئن. اما روی همان مبل بنفش نشست، چشم توی چشم استاد به شدت شل‌تنبانِ *نشانه‌شناسی نمایشی* دوخت، پرت و پلاهای حفظ کرده از لای کتابش را شنید، وادارش کرد به چند تا مدیر سرشناس فرهنگی برایش زنگ بزند و بی هیچ کار و حرف اضافه، کیفش را برداشت و زد بیرون، از دفتر مجله‌ی *پرورش اسب اصیل*. شاید تازه وقتی رفت و نگاه استاد شل‌تنبان به مبل بنفش خالی افتاده باشد، بفهمد نمکین‌ترین شاگردش، شیرین‌ترین دختر دانشکده، دل‌رباترین کسی که توی زندگی‌ش با او برخورد داشته چطور از کَفَش پریده و جادوی نگاهش و سِحر کلامش و جسارت رفتارش، مچ او را خوابانده است.

یکی یکی مجلات و روزنامه‌های صحافی شده‌ای را که به او تذکر داده بودند تنها نسخه‌های موجود است و باید با دستکش مخصوص و دقت فراوان آن‌ها را لمس کند، ورق می‌زد. یک نگاهش هم به صفحه‌ی کامپیوتر بود که عکس‌های اسکن شده‌ی محرمانه و غیرمحرمانه از مطبوعات آن سال‌هایی که خواسته بود را نمایش می‌داد. حدفاصل ۱۳۰۲ تا ۱۳۰۴. امید داشت در بین این

سال‌های غبارگرفته‌ی تاریخ ایران، که اتفاقن خورده بود به جنگ و گریز روزنامه‌ها و مجله‌ها با رضاخانِ تازه قدرت گرفته و توقیف‌های گسترده و بسته‌شدن مطبوعات و حتی شلاق خوردن سران روزنامه‌ها و تبعید و ترور آن‌ها، ردّی و نشانی و نشانه‌ای از زینت صبیه‌ی آقاخان بیابد. از *ایران آزاد* سید ابراهیم ضیاءالواعظین و مجله‌ی *بهار* یوسف اعتصام‌الملک شروع کرده بود و حالا داشت *ستاره‌ی ایران* میرزا حسین‌خان صبا را ورق می‌زد و همزمان روزنامه‌های *بلدیه* و *داریا* را می‌پایید. اصلن هر چه دم دستش بود — و عجیب آرشیوی غنی و باورنکردنی در اختیارش گذاشته بودند- از روزنامه‌ی *افکار* یداله طهرانی‌زاده و *عصر تمدن* مهدی ساعی و *سیاست اسلامی* اعتمادالاسلام سیستانی تا مجله‌های *فلاحت و تجارت* سعید نفیسی و *سپیده‌دم* لطفعلی صورتگر و *دانشکده‌ی* ملک‌الشعرای بهار. از *قرن بیستم* میرزاده‌ی عشقی و *ستاره‌ی صبح* میرزا ابراهیم خان ناهید تا روزنامه‌های *ملت* اعتمادالسلطنه و *ایران* میرزا ابوالحسن‌خان معدنچی و *قلم آزاد* حسین هاتفی و *شفق سرخ* یدالله تویسرکانی و ع. دشتی و *سیاست* عباس اسکندری و *بیدار* علی‌محمد قمی و *عصر نهضت* و *قانون* و *نصیحت* و *عالم نسوان* و خلاصه هر چیزی که در آن سال‌ها چاپ شده بود.

پرسه می‌زد بین گزارشات و می‌چرخید دور اخبار و سیر می‌کرد توی عکس‌ها و تیترها و نشان‌ها به دنبال زینت. می‌خواند. از تاسیس دبیرستان‌های آمریکایی و فرانسوی و دارالمعلّمین و مدرسه‌ی افسری، رونق گرفتن دانشکده‌ی فلاحت و طب و حقوق، حذف سران عشایر و زمین‌داران و خلع سلاح کردن بزرگان ایلات، قرنطینه‌ی حاجی طرخان توسط اداره‌ی صحیّه به خاطر شیوع طاعون، کمبود نان و برنج در کشور به ویژه خراسان و شاهرود و احتکار گندم توسط تاجران، رواج سفلیس در شهرها و روستاهای ایران، بیکاری و گرسنگی

روزافزون و تلفات آن در قزوین و نیشابور و کرمانشاه، احتمال وقوع آبله‌ی کنترل نشده در تهران، برنامه‌ی احداث راه آهن شمال تا جنوب، مبارزات مسلحانه‌ی ارتش علیه شیخ خزعل و کلنل محمدتقی خان و کوچک جنگلی و ایلات ترکمن و بلوچ و لر... مطبوعاتی که مجبور بودند دهان بسته باشند بخاطر تهدیدهای سردار سپه که همه کاره‌ی احمدشاه بود، اما پنهان و آشکار به انتقاد می‌پرداختند از نالایقی و بی‌کفایتی و سفرهای متعدد فرنگِ آخرین شاه قاجار -که البته هنوز کسی نمی‌دانست قرار است آخرین باشد- کم‌رنگ شدن قدرت وزرا و وزارتخانه‌ها در مقابل رضاخان، به دست گرفته شدن زمام امور توسط فروغی و مستوفی و هدایت و دخالت‌های تیمورتاش و داور در سیاست و کشورداری، حکومت نظامی‌های وقت و بی‌وقت، وکلای بی‌کفایت مجلس شورا و اختلافات شخصی‌شان، افزایش چندبرابری بودجه‌ی ارتش، محدود کردن احزاب و به تعطیلی کشاندن آن‌ها و بالارفتن قحطی و فقر و بیماری در ایران.

خواند و خواند و خواند. هر چیزی را از آن روز که رضاخان به وزارت جنگ رسید و بعدترش که نخست وزیر شد و بعدترش که در مجلس موسسان سوگند پادشاهی خورد. از تصویب قانون استخدامی و لایحه‌ی نظارت بر مطبوعات و اصلاح تقویم رسمی ایران تا تشکیل جمعیت شیر و خورشید و تاسیس نیروی هوایی ارتش شاهنشاهی و اولین بانک ایرانی، از اعتصاب کارگران نفت جنوب و درگذشت حاجی سیاح و ایرج میرزا و نایب اسدالله تا مدح نامه‌هایی برای سید ضیاء و سردار سپه و تقی‌زاده و مستوفی‌الممالک و فروغی و فرمان‌فرما... می گشت بین اخبار داخله و تلگرافات و مقالات مسلسل و اوضاع ایران و مخبرین مخصوص و اعلان و کلمات بزرگان و جواب مراسلات و اخبار مسکو و متفرّقات و اقوال و خیالّیات و فجایع و اطلاعات مهمّه. توی فکر

آزاد سال ۱۳۰۴ بود که مقاله‌ی احمد دهقان را می‌خواند «اما در مملکت ما آنچه از هر چیز بیقدرتر و ارزانتر است جان اهالی است که اگر روزی هزاران نفر از فقر و بیکاری و قادر نبودن به رجوع به طبیب وخریداری دارو هلاک شوند، احدی به فکر نیفتاده و دلهای سخت متمولین و اغنیا یک ذره تکان نمیخورد» و توی *ایران آزاد* سال ۱۳۰۲ بود که «سهام السلطنه... کهنه مستبد معروف که علاوه بر فساد اخلاق و عادت به زورگویی و ایذاء رعایا یک نوع جنون مخصوصی دارد امروز مالک الرقاب کاشان شده... در خانه خود چوب و فلک درست کرده، رعایا و کسبهٔ محل و تجار محترم را به زور میکشد و مفتضح میکند و با این وسایل میخواهد وکالت فرزند دلبندش، امیر اسدله خان به کاشان تحمیل نماید... انتضام الدوله که بایستی حسب الوظیفه از این قبیل اشرار جلوگیری کند، خود آلت بلا ارادهٔ او شده و مثل عبد مطیع تسلیم صرف و وسیله اجراء مقاصد فاسد اوگردیده است»

داشت این مقاله‌ی *شفق سرخ* را می‌خواند که « ... معنی این مالیات این است که زندگی در مملکت حق یک مشت اعیان و متمولین بوده، بدبختانی که از خشتمالی و... امرار معاش مینمایند باید قیمت هوای مملکت را که تنفس میکنند، بدهند. به عبارت دیگر مالیات صنفی نمونهٔ کاملی از بیعدالتی، بیعلمی، وحشیگری، ضعیفکشی، اعیانپرستی و... است. برای وصول هر دینار آن باید اشکها ریخته شده و آهها کشیده شود تا شاهی شاهی جمع و هزار تومان هزار تومان به عنوان مستمری به اعیان و شاهزادگان تقدیم گردد» که چشمش به نوشته‌ای از پروین اعتصامی با عنوان زن و تاریخ در جریده‌ی *عالم نسوان* نوابه صفوی افتاد. ماه سرطان سال ۱۳۰۳: « در طی این ایام روزگار زنان مشرق زمین همه جا تاریک و اندوه خیز، همه جا اکنده به رنج و مشقت، همه جا پر از اسارت و مذلت شده. آنها را عضو باطل بشریت پنداشته و هیچ در تربیت زنان

التفات نکرده اند... » شماره‌های دیگر را با حرص بیشتری ورق زد. گویا تمام بار زنان آن سال‌های گذار بین قاجار و پهلوی را آن‌ها به دوش می کشیدند.

«هراندازه مردها، زنان و مادران و خواهران خود را محترم و عزیزالوجود بدانند اکثریتشان معتقدند که با وجود زنهای باهوش و معروف که در تاریخ اسمشان ثبت است، در سر زنها عقل وجود ندارد.»

«... دور نرویم، تنها اصلاحی که اداره نظمیه توانسته در این مملکت بنماید، همانا قدغن کردن عبور نسوان از خیابان لاله زار و ننشستن آن ها در خیابان مصفا و پرتاب کردن همه قسم الفاظ زشت و رکیک و بی ادبی نمودن نسبت بخانمها. بزرگترین مسبب بدبختی و بی عفتی نسوان همین قسم مردانند. درواقع مملکت از اعلی تا ادنا از عالم تا جاهل خود را مسلط بر زنان و خدای کوچک آنان می دانند.»

«نسوان ایران که سالهای متمادی است مرض اسارت، رنج ذلت و درد زیردستی را احساس نموده‌اند و گمان میبرند مصداق دردمان را نیست درمان الغیاث شده‌اند... زنان رنجبر این مملکت چه میتوانند کنند؟ وقتی نه ولیشان اذن مدرسه رفتن میدهد، نه دولت فخیمه برای تعلیماتشان کاری تدارک دیده، نه اداره‌ی نظمیه امنیتشان را میتواند بر قرار نماید، آن هم از وضعیت اداره‌ی صحه و اداره‌ی عدلیه. انگاری زنان در این مملکت حضوری ندارند یا اگر هستند قرار است کنیزی کنند و دم برنیاورند. حالا همین زن اگر نگاهش سهوا به کجی رود یا در بازار بزازها، بی قصد از مردی مطایبه‌ای بشنود و خنده‌ای کند که هیچ. درنظر بیاورید چندتایی حول خودتان هستند زنان و دخترانی که به سوء گمانی باطل و حرف مفت بدگویان، تن به شلاق و حبس و چوب داده‌اند اگر جانشان نگرفته باشند.»

چیزهایی را که می خواست یافته بود.

صفر

آرام به دیوار آجری تکیه داده بود. چشمانش را بسته بود و در خیال غرقه شده بود. خیال که نه، فکرهایی غریب و قریب... توسن خاطره‌هایش چهار نعل از همان زمان که اولین بچه‌ش را قنداق‌پیچ از دست شهربانو، قابله‌ی قابلی که این روزها زوال عقل گرفته و چون فرزندی ندارد می‌گویند روانه‌ی دشت‌های فیروزآباد شده است گرفت، شروع کرده بود به تاختن و دست‌بردار هم نبود. هر چه بود و نبود زینت برای او نورِ دیده بود و نای تن. چه الان و چه پانزده سال پیش. همان موقع هم نه به حرف سیدرضا و آقامیر و قمبرعلی که می‌گفتند نحس است اگر بچه‌ی اول دختر باشد، خصوص که توی یازدهم ماه صفر به دنیا آمده باشد و آن هم همان روز که نظمیه یکی را به توپ بسته و اعدام کرده، توی ایامی که مملکت صاحب ندارد و شاهش از ترس جان به سفارت روسیه پناه برده و رود خون در گیلان و تبریز و قفقاز و بختیاری جاری شده و زمزمه است پسرکی دوازده ساله را به شاهی کشور بگمارند، گوشش بدهکار نبود و از همان لحظه‌ای که دخترک با آن گیس و چشم و ابروی مشکی و لبان سرخ و گونه‌های گوشتی را توی بغل گرفت عاشقش شد. مِهرش به دلش افتاد. جانش شیفته شد. نفهمید چرا یک آن از حال و هوای زینتش رفت توی آخرین نطق شاهیِ محمدعلی شاه، همان روزی که شهربانو خبر داده بود حکمن بچه‌ش دختر است از حالت تهوع دم صبح و چاقی کپَل و شکم هندوانه‌ای قیمت‌خاتون و ویار شیرینش، چند روزی قبل از فتح تهران توسط

مشروطه‌خواهان و فرارش نزد روس ها... "ملت غلط می کند ما را نخواهد. رعیت را چه به سرکِشی، رعیت را چه به استنطاق صاحبقران، رعیت را چه به فریاد حق‌طلبی! رعیت غلط می کند ما را نخواهد! رعیت گوسفند و ما شبانیم! سایه‌ی ماست که آرامش می‌دهد، نعمت ارزانی می‌دارد و دفع بلا می کند! ماییم که آبرو می‌دهیم، ماییم که مالک ایرانیم! خون جواب آزادیست! رعیت غلط می کند اعتراض کند، غلط می کند دیوان مظالم بخواهد، غلط می کند مشروطه بخواهد، رعیت غلط می کند ما را که زینت کشوریم محکوم کند! به خدای احد و واحد قسم دستور داده‌ایم به قزاق‌ها هر که نافرمانی کرد امانش ندهند، هر که فریاد مشروطه‌خواهی سر داد پوستش را کَنده کاه پُر کنند! ما رعیت سربه زیر می‌خواهیم، ما رعیت بله قربان‌گو می‌خواهیم، ما رعیت کر و کور می‌خواهیم... "

خنده‌ش را قورت داد و دوباره سعی کرد سرک بکشد به هوای دخترش. اما این بار نتوانست برگردد به ۱۵ سال پیش، حتی نه به ۱۵ ماه یا ۱۵ روز پیش. هر چه توسن را سقلمه زد که برگردد به همان روزهای خوش، اما اسب کهَر رام نشده خیالش را می‌برد به همین دوسه روز پیشین و هر چه بر او و منزل و اعتبار و آبرویش تا همین ساعت گذشته است. چشم‌هایش را باز کرد. هم اینکه نمی‌خواست تن به تاخت هر جاییِ توسن دهد و هم اینکه صدای گریه‌ی فروخورده‌ای در نزدیکی‌هایش می‌پیچید. لوطی حیدر و نوچه‌های ریز و درشتش گُلّه شده بودند توی امامزاده و خودشان را ولو کرده بودند روی حصیرها. حیدر خودش را انداخته بود روی خروارها دستمال و چادر و مَندیل روی سنگ قبر و یک جورهایی مردانه گریه می کرد که هم ابهّتش جلوی نوچه‌هایش و بقیه‌ای که آمده بودند زیارت، خدشه‌دار نشود و هم احتمالن سید ناصرالدین صدای گریه‌هایش را خوب بشنود. آقاخان می‌دانست این

زاری و عِز و چز از برای چیست که تقریبن همه می‌دانستند. حیدر توت‌فروش که به لوطی بی‌قدّاره شهرت داشت و توی محله و محله‌های بالاتر و پایین‌تر به فتوّت و دست‌گیری و ناموس‌پرستی و نان حلال خوردن معروف بود، حیدری که توی دسته‌های الواط داشت به باباشَملی می‌رسید و توی گود زورخانه‌ها به پهلوانی، حیدری که ۹ سالی دست به قدّاره و قَمه نبرده بود و هر جا پای بی‌آبرویی و حیثیت و ناموس و ضعیف‌کُشی وسط بود با زور بازویش حق را به حق‌دار می رساند، حیدری که پای ثابت روضه‌خوانی‌ها بود و بانیِ ثابت تعزیه‌ها و هر چند عرَق می‌خورد اما نه توی محرم و صفر و رمضان، حیدری که وقتی با آن زنجیر یزدی و دستمال ابریشمی کاشونی و چاقوی اصفهونی و شال دور کمر و گیوه‌ی تخت نازک و کلاه نمدی و سبیل‌های پُرِ رسیده تا بناگوش راسته‌ی بازار می‌چرخید یا توی تِکیه یا جلوی عمارت فرنگی، همه احساس امنیت می‌کردند و ناموس‌شان را با فکر راحت توی کوچه بازار می‌فرستادند و نگران کیسه‌ی پول‌شان نمی‌شدند، از پا درآمده بود. به گِل نشسته بود. وا داده بود. دل بسته بود. عاشق شده بود و همان دَم که دختر هدایت‌الله مِسگر را توی راه مسجد مقبره دیده بود، از هوش رفته بود و مدت‌ها درد دلش را به کسی نگفته بود و عاشقیّتش را در خودش ریخته بود و سوخته بود و ساخته بود و دَم برنیاورده بود و اما کم آورده بود و اجبارا، ماجرا را با شرم و حیا و بی آنکه بتواند توی چشم‌هایش نگاه کند به میرزا هدایت‌الله مسگر گفته بود و میرزا هدایت الله مسگر هم که نه خوشحال شده بود از اینکه دخترش را به زنیّت لوطی محله می‌فرستد و نه ناراحت، موضوع را به دختر بی مادرش گفته بود و فرّخ‌رو هم گفته بود نه. گفته بود حاضر است بمیرد اما پا به خانه‌ی حیدر نگذارد و عقدش نشود. حاضر است آتشش بزنند و بند از بندش جداکنند و قیر داغ توی حلقش بریزند اما حیدر دست به تنش نزند. حالا

لوطی حیدر مانده بود و یک عشق ناکام و یک دل خراب و چند جفت حرف مفت. نمی‌دانست از داغ نه گفتن فرّخ‌رو بسوزد یا از سوز بدگویی و بدنگاهی و بدسوئی دور و بری‌ها. نمی‌دانست به میرزا هدایت‌الله مسگر اصرار کند یا با زور و قلدری جلو برود یا تیاتر راه بیندازد و دل دختر را به دست بیاورد یا کنار بکشد. نه می‌شد مِهر فرخ‌رو را از دل کند و نه مُهر مردم را جان خرید. نه می‌توانست شراره‌های مشتاقانه را خاموش کند نه لیچارهای نمّامانه را. نه توانش را داشت از خیال دختر بگریزد نه از لاطائلات عوام. مانده بود بر سر پل صراطی که مستقیم نبود. و وضعش بدتر شد آن وقت که جسد بی‌جان فرخ‌رو شانزده ساله را توی گل و لای بالادست نهر فیروزآباد پیدا کردند. هرچند آژان‌ها به شهادت چند پسری که برای تفرّج آن اطراف اتراق کرده بودند گفتند دخترک خودش را به عمد توی آب انداخته و گناهی تقصیر کسی نیست و جُرمی گریبان کسی را نمی‌گیرد، اما تقریبن همه می‌دانستند گناهی تقصیر کسی هست هرچند جُرمی گریبان کسی را نگیرد. میرزا هدایت‌الله مسگر که بعد از آن اتفاق شکست و خورد شد و چند روزی پس از دفن تک دخترش که بی‌مادر بزرگش کرده بود و همه‌ی امیدش را پایش ریخته بود، تاب نیاورد و حجره‌ی مسگری را بست و دست پسر ده‌ساله‌اش را گرفت و روانه‌ی دیار اجدادی‌ش در بیرجند شد. ماند حیدر و تیزی نگاه‌ها و تندی صداها.

آقاخان نمی‌دانست این گریه‌های مردانه و فروخورده و اشک‌هایی که بی‌توقف روی پارچه‌های سبز و سفید می‌ریزند به خاطر آبروست یا عاشقیت؟ بخاطر نابودی ابهت و هیبت و نام حیدر است یا بخاطر نیستی جان و دل و جوهر حیدر. البته با این های‌های و هوی‌هوی، شاید می‌توانست حدس بزند.

دستی خورد روی شانه‌ش. قبل از اینکه چشمانش را از آن وضع نزار حیدر برگرداند، کاشانچی نشسته بود کنارش.

- خلوت کردید آقاخان... آمدم حجره دیدم نیستید. گفتم حکمن آمده‌اید بابت موردی با سیدناصرالدین صلاح و مشورت کنید!
- مرتضی قلی کاشانچی... مطایبه می‌کنی تاجر! ما با امامزادگان سَر و سِری نداریم اما ایشان حتمن متعجبند که شما چرا جای دیدن سینماتوگراف این سمت‌ها پیدایتان شده!؟
- من مطایبه میکنم یا شما آقاخان! الحق که به جا مزاح می‌کنید.

کاشانچی بی‌تفاوت به معرکه‌ای که حیدر آن وسط راه انداخته، طوری نشست که چشم‌های آقاخان هیچ جوری از زیر نگاه‌های همیشه تیزش فرار نکند.

- اگر راز و نیازهایتان تمام شده و حرفهایتان را با ایشان زده‌اید، چند کلامی هم ما داریم، گوش کنید.
- مگر این لوطی حیدر رخصت داد سید ناصرالدین حرف‌های ما را بشنود!

و همان‌طور که با لبخندی که مصنوعی بودنش ناجور توی چشم می‌زد برگشت و زل زد به کاشانچی.

- سعادتیست سخن شنیدن از دهان تاجری خوشنام چون شما.
- مختصر می‌گویم آقاخان. می‌دانم که اگر یک کاسب درست و باحساب توی بازار باشد شمایید و اگر قرار باشد روی عقل و ذکاوت یک نفر توی محله صِحه بگذاریم باز هم شما.
- مبالغه می‌کنید مرتضی قلی خان. شما خود صاحب منصب و شوکتید.
- برای تعارفات اینجا نیامده‌ام. به صراحت بگویم. در باره موضوع صبیه‌ی محترم...

خون پرید توی صورت آقاخان. تصور هر گفتی و گویی را می‌کرد جز این یکی را. نه با کاشانچی آنقدرها رابطه‌ی اخوت داشت که محرم رازها و اندرونیّاتش باشد و نه آنقدر دور و بی‌ربط بودند که کلام مشترک نداشته باشند. ناخودآگاه رگ گردنش تکانی خورد و عضلات پشتش دردی کشید. کاشانچی بی‌تفاوت به این تغییر ظاهری، ادامه داد.

- شما خودتان از سواد دارها هستید و شکرخدا دست‌تان به حساب و کتاب و خواندن و نوشتن. همین که صبیّه‌تان را به مدرسه فرستاده‌اید معلوم می‌کند منورّالفکرید و دنبال حرف مفت و مُهملات عوام نیستید. می‌دانم در این مورد هم هر تصمیم اخذ کنید از سر عقلانیت و استدلال است نه تاثیر حرف مُفت خانباجی‌ها و خام‌مغزهای دور و اطراف. فقط خواستم نکته‌ای یادآور شوم. این قاجارهای بی‌کفایت که همیشه مملکت ما را عقب نگه داشته‌اند و بر حماقت و جهالت مردان و زنان ما سواری می‌گیرند، اما خودتان بهتر می‌دانید در ممالک دیگر، زن‌ها دارند هم‌پای مردان درس می‌خوانند، فن می‌آموزند، معاشرت می‌کنند، حتی پیشه و کِسب می‌چرخانند. شخصن ترقیات زنان در فرانسه و انگلیس و پروس را دیده‌ام. دوران این اباطیل هرز را که زن نباید از اندرونی بیرون برود و صدایش را مرد نشنود و تعلیمات نگیرد و تنها بزاید و بزاید، دیگر تمام شده است. دخترهای ما باید درس بخوانند، توی کوی و برزن بروند، تیاتر ببینند، حشر ونشر کنند. -آب گلویی قورت داد- راستش می‌خواهم مطمئن شوم این لغوها و اراجیف نامربوط راجع به صبیه‌تان را جدی نگرفته‌اید و خدای ناکرده قصد ناصوابی نکرده‌اید. جوان هستند و به هرحال در رسم این روزها با زمانه‌ی ما و پدران ما تغییراتی حاصل شده است. شُکر خدا نه

خطایی سرزده و نه گناهی رخداد کرده. صرفن یک دلدادگی مشروع بوده که حکمن برای آن هم می‌شود طرحی ریخت و اگر ولی‌ها اذن دهند که می‌دهند و اگر رضای خدا هست که هست، بساط عقد و نکاح گستراند. نگران محکمه و عدلیه هم نباشید. توی این اوضاع مملکت که خر پالانش را گم می‌کند، آنقدر مشکل دارند که به این دوسیه اعتنایی نکنند. ــ و همان‌طور که بلند می‌شد ادامه داد ــ صبیّ ابراهیم‌خان هم پسر سر به راه و آداب‌دان و باخدایی است. حالا که هم را می‌خواهند قاعده‌های غلط را کنار بگذاریم و نقش وصلت‌شان را بزنیم. ــ و همان‌طور که دور می‌شد ادامه داد ــ حکمن من تکرار مکررات کردم برای شما که خود مظهر مدارایید و محاجّه. هر چه خیر است انشالاه.. با منزل تشریف بیاورید حجره‌ی حقیر ما هم خوشحال می‌شویم. شال‌هایی از کشمیر آورده‌ایم که برازنده است. حق یارتان...

صدا محو و محوتر شد. مانند تمام آن‌چیزهایی که توی این دو سه روزه توی ذهن آقاخان می‌گذشت. حتی توسن سرکش رام شده بود. آقاخان وسط هق‌زدن‌های توی گلوی حیدر، دوباره رفت به ۱۵ سال پیش. همان‌روزی که زینتِ جانش را قنداق‌پیچ از دست شهربانو، قابله‌ی قابلی که این روزها زوال عقل گرفته و چون فرزندی ندارد می‌گویند روانه دشت‌های فیروزآباد شده است، گرفت.

یک

خودش را روی صندلی تکانی داد. شاید اولین حس نشستن روی صندلی اولین ردیف برایش ناآشنا بود. آن هم وقتی فاصله‌ات با سِن دو متری بیشتر نیست و می‌توانی آدم‌های روی آن را اولترااچ‌دی ببینی. آن‌هم نه هر کسی را. هولوبَند را. محبوب‌ترین گروه پاپ-راک این سال‌ها را که توانسته بودند رکوردهای دانلود تک‌آهنگ و فول‌آلبوم را به طرز معجزه‌آسایی جا به جا کنند. کنسرت‌های‌شان هیچ‌گاه مجوز نگرفت و از سوی وزارت ارشاد و اطلاعات و تقریبا تمام رده‌های نظامی بارها احضار و بازداشت شدند، اما کدام کار است که نتوان در این مملکت با پول پیش برد؟! اجراهای زیرزمینی پرشورشان، هر چند متناوبن در سالن‌های کوچک خصوصی و ویلاهای شخصی تکرار می‌شد اما همیشه نه تنها صندلی خالی پیدا نمی‌شد که روی زمین، کنار دیوارها و حتی روی پله‌ها هم پُر بود.

هیچ جوری نمی‌شد تصورش را هم بکند که در بین این همه مشغله‌ش و وسط اوج تحقیقاتش راجع به زینت و بازنویسی‌های متعدد نمایش و دویدن دنبال مجوز و سرک کشیدن به دادگستری و کتابخانه‌ی ملی و موزه‌ی اسناد، که حتی فرصت خواب درست را ازش گرفته بود، بنشیند و دو ساعتی را فارغ و رها، دل به موسیقی بسپارد، تازه منهای تمام وقتی که دنبال آدرس می‌گشت یا قبل‌ترش توی ترافیک مضحک اتوبان گیر کرده بود یا بعدترش بین این همه

جمعیت می‌خواست خودش را به این سه پسر هنرمند شجاع برساند و به‌خاطر اینکه برنامه‌ی امشب‌شان را به *توماج* تقدیم کرده بودند، بوسه‌باران‌شان کند. آن هم به دعوت چه کسی؟ هم‌تای تنها تجربه‌ی نیم‌بند رُمانسش! کسی که سال‌هایی نه چندان دور، تا مرز دل بستن و وا دادن و عاشقّیت هم باهم رفته بودند، و شاید کمی از مرز هم رد شده بودند. پسرک خجالتی جنوبی مبادی آدابی که شب ها برای *عروسی عروسک‌ها*، دومین تئاتر حرفه‌ای‌ش که اتفاقن خوب هم گرفت و خوب هم فروخت و خوب هم جایزه درو کرد، موسیقی زنده می‌نواخت.

با ویشگون ریزی به خودش آمد. آنقدر محو خاطرات دلنشینش شده بود که اصلن یادش رفت وقتی به مونا گفته بود شب می‌رود کنسرت هالوبند آن‌قدر اصرار کرده بود و آویزان شده بود و التماس و خواهش و تهدید ردیف کرده بود، که مجبور شده بود شرمسارانه از پسر، خواهش کند بلیتی دیگر هم هماهنگ کند و پسر که حدس زده بود منظورش از بلیتی دیگر، قطعن همان مونای سرخوش شنگول ملنگ است، چه قدر استقبال کرده بود. مونا را خوب یادش بود از پنج سال پیش. و شاید خودش را هم.

- من واسم یه سئوال شرعیّه پیش اومده حاج خانوم!؟ شما که فرموده بودین چهار پنج ساله از ایشون خبر ندارین؟ پس چی شد یه هویی بلیت ردیف یکِ هولوبند تو دستتونه؟! اونم دو عدد؟
- خبر نداشتم خدایی... دیروز دیدم تو واتساپ با همون شماره‌ی قبلیش پیام داده و دعوتم کرده بیام کنسرت.
- آره تو یکی که راست میگی... ای ای ای! منِ ساده رو بگو گفتم همه‌ی اون عشق و عاشقیاشون همون سالها تموم شده! نگو خانم تو این مدت رابطه مخفیّه داشتن!

- چرت نگو مونا! من تا همین دیروز اصن خبر نداشتم شده پیانیست هولوبند.

- البت پیانیست تنها که نه. آهنگساز این آلبوم جدیدشونم هس.

نفهمید چرا و چطور، اما رفت در مسیر خاطرات. مسافر زمان شد و برگشت به ۵ سال پیش. همان وقت‌هایی که پسرک خجالتی جنوبی مبادی آدابی، شب‌ها برای عروسی عروسک‌ها، دومین تئاتر حرفه‌ای‌ش که اتفاقن خوب هم گرفت و خوب هم فروخت و خوب هم جایزه درو کرد، موسیقی زنده می‌نواخت، و روزها ساز دل او را کوک می‌کرد، آهنگ زندگی را توی رگ‌هایش می‌ریخت و ملودی روح‌افزای مانایی را توی جانش تزریق می‌کرد. عاشق شده بود؟ جایی خوانده بود بسیاری از مردم اگر از ابتدا نشنیده بودند چیزی به عنوان عشق وجود دارد، هرگز عاشق نمی‌شدند؛ اما آن موقع مطمئن نبود حس و حالش عاشقیت است یا صرفا یک تهییج فیزیولوژیک؟ دلدادگی است یا تنها رهایی از چنبره‌ی وحشتناک تنهایی؟ دوست داشتن است یا منحصرن یافتن یک هم‌زبان و هم‌فکر؟ الان هم که به آن زمان فکر می‌کرد نمی‌توانست بفهمد آن چه بین‌شان گذشت هرچند کوتاه، که هنوز طعمش شیرین ودلنشین و گوارا بود، چه قدرش حس بود و حال و شور و چه قدرش جبر زمان و قحط دوست.

- یعنی باور کنم طرف بعد پنج سال خواب‌نما شده عشق سابقشو دعوت کرده!؟ - در حالیکه دور ناخن‌های لاک گلبهی زده‌ش را با ناخن دیگر تمیز می‌کرد- اصن به من چه!؟ تا یار که را خواهد و فیلش بعد چند سال یاد هندوستون کند! ما چه کاره‌یم خب...

هنوز سالن در حال پر شدن بود و دختران خوش‌بو و زنان خوش‌پوش و مردان خوش‌قامت و پسران خوش‌حال، یکی یکی با سر و صدا و شعف فراوان روی

صندلی‌ها جای می‌گرفتند و البته که طبق رسم مالوف، تا طرف دیگر را مجاب کنند روی صندلی آن‌ها نشسته و ته‌بلیت را نشانش دهند و شماره‌ی ردیف را کلی بحث توی هوا پخش می‌شد. در دشت خاطره‌ها و دریای خیالاتش گشت می‌زد و لبخندی ناملموس از عمق دلش به گوشه‌ی لبش می‌رسید که با حمله‌ی ناگهانی فرد کنارش، تمام یادها و یادگارهایش ریخت کف سالن.

- نگفتی مجوز چی شد؟

- اه! ترسوندی مَنو مونا! عین آدم نمتونی بپرسی؟!

- بمن چه که شما غرقه در یاری! ببین چه چیزا و چه کارایی یادش اومده که نیشش اونجوری وا بود و لباشو هی غنچه می‌کرد!

- خیلی بی‌تربیتی مونا!

- ولش کن! بگو ببینم رفتی پیش اون دکتره.. چی بود.. رییس اداره‌ی تئاتر؟

- آره! تمام تحقیقا و مدارکمو بردم پیشش. یک جزوه ۱۰۰ صفحه‌ای گذاشتم جلوش میخاست پس بیفته! باورش نمیشد تونسته باشم این همه مستند تحویلش بدم.

- خب چی گفت؟ مجوز؟

- اول که گفت باید شورا تصمیم بگیره و میفته واسه دو ماه دیگه. اما یه کم که اصرار کردم قبول کرد با مسئولیت خودش نامه‌ی مجوزو امضا کنه! فقط چه میدونم باید دوباره پنجشنبه برم پیشش ...

- آخه کی تا حالا به تو نه گفته دختر! دمت گرم. بچه‌ها هم آمادَن. گفتم شفیق یکی دو تا طرح دکور آماده کنه امشب میفرسته. لباسا روهم با بچه‌های غزالی صحبت کردم هماهنگه. بازیگرا هم همونا که

گفتی آفیش کردم. فقط میمونه خود زینت. تصمیم گرفتی کی نقششو بازی کنه؟

- هنوز نه. واقعا نمیدونم یه دختر ۱۶،۱۵ساله که بتونه از پس این نقش بربیاد از کجا پیدا کنم؟
- ایناها دیگه (به خودش اشاره کرد) مگه کوری؟ هم سِنّم میخوره و هم چی از الناز شاکردوست کمتر دارم؟ -نتوانست خنده‌ی او را بگیرد- اما جدی من که میگم یه کم سن زینت رو تو پیِس ببر بالا و ماریا هم یه گریم دخترونه بندازه رو صورتت. بخدا با این شب و روزایی که تو با زینت گذروندی تو این چند ماه، هیچکی بهتر از خودت نمیتونه بازیش کنه.

دوباره رفت در هوای زینت. برای اولین بار در این چند ماه از خیال صبیه‌ی آقاخان رها شده بود و رفته بود در سودای پسرک خجالتی جنوبی مبادی آدابی که شب‌ها برای *عروسی عروسک‌ها*، دومین تئاتر حرفه‌ای‌ش که اتفاقن خوب هم گرفت و خوب هم فروخت و خوب هم جایزه درو کرد، موسیقی زنده می‌نواخت. اما حتی او هم نمی‌توانست تصویر و تصور زینت را کم‌رنگ کند.

- میخام نمایشو تقدیم کنم به محترم اسکندری.
- کی؟! کی هس این؟ از بچه‌های صدور مجوزه یا تو روزنامه‌ای چیزی کار میکنه؟
- خودمم خیلی نمیشناختمش. تو این تحقیقام فهمیدم چه زن بزرگی بوده.
- نویسنده‌ای چیزیه؟

دستش را برد توی کیف قهوه‌ای‌ش. دفترچه‌ی کوچکی برداشت و بیرون کشید. بازش کرد و رفت لای نوشته‌هایی که با خودکار آبی توی صفحه به چشم می‌آمد. مثل معلم‌های تاریخ یا مجریان رادیو یا خطابه خوانان نهضت‌های زنانه شروع کرد به خواندن.

- محترم اسکندری متولد ۱۲۷۴ خورشیدی شاعر و از پیشگامان جنبش زنان در ایران. پدرش محمدعلی میرزا اسکندری از مشروطه‌خواهان مهم و مؤسس انجمن آدمیّت بود. محترم پس از تکمیل زبان فرانسه و ادبیات و تاریخ مدتی به تدریس مشغول شد اما وقتی از دستاوردهای انقلاب مشروطه برای زنان مأیوس شد، در سال ۱۳۰۱ به همراهی تعدادی از زنان پیشرو در تهران جمعیت نسوان وطن‌خواه ایران را تأسیس کرد. او به سخنرانی، اداره‌ی نشریه انجمن و برنامه‌ریزی راهپیمایی‌های اعضای جمعیت می‌پرداخت. آن‌ها در یکی از راهپیمایی‌ها و اعتراضات معروف‌شان، در توپخانه‌ی تهران، اقدام به سوزاندن جزوه‌هایی کردند که با نام *مَکر زنان* و محتواهایی علیه زنان در شهر توزیع می‌شد. این اقدام منجر به دستگیری او توسط مأموران حکومت شد. محترم اسکندری در نظمیه هم به دفاع از خود پرداخت و فریاد می‌کشید: این عمل ما برای دفاع از آبروی مادران و خواهران شماست. ما هم مثل تمام انسان‌ها عقل داریم، مکّار نیستیم.
- خب؟ ربطش به تئاترت چیه؟

انگار چیزی نشنیده باشد و در حالی که سالن تقریبا پر شده بود و سازها و اسباب و ادوات صوت و نور خودنمایی‌شان را شروع کرده بودند، خواند:

- انجمن نسوان وطن‌خواه نخستین انجمن زنان بود که به صورت عملی نیز دست به اقداماتی برای آموزش بیشتر زنان زد. تشکیل اکابر برای

زنان ایده‌ی اصلی راه اندازی نسوان وطن‌خواه بود. از طرفی آنان نخستین نمایش زنانه‌ی تاریخ ایران را نیز به صحنه بردند. تئاتری که در خانه‌ی یکی از اعضای انجمن و براساس متنی از میرزاده‌ی عشقی به نام *آدم و حوا* به صحنه می‌رفت. مادام وارتو تریان که نخستین بازیگر زن ایرانی نیز هست کارگردان نمایش بود و نقش اصلی را بازی می‌کرد. برای اینکه کسی متعرض اجرای نمایش آن‌ها نباشد قرار شد بهانه‌ی جمع شدن زنان، جشن عروسی باشد. این نمایش در پرده‌ی اول بدون هیچ مشکلی برگزار شد. اما هنوز پرده‌ی دوم شروع نشده بود که خبر رسید الوات تهران پشت در خانه آمدند و می‌خواهند وارد شوند. پافشاری هیات مدیره‌ی نسوان وطن‌خواه و دخالت آژان‌ها راه به جایی نبرد و آن‌ها وارد شدند. محترم اسکندری یک تنه در مقابل اوباش محل ایستاد و گفت که اجازه نمی‌دهد زنان را ببرند. اما در نهایت هیات مدیره به نظمیه رفتند. محترم اسکندری بعد از این ماجراها سختی‌های زیادی دید و آزارهای لات‌های تهران و سربازان نظمیه و سران حکومت علیه او و انجمن رو به فزونی گذاشت. او که به خاطر بیماری قوزی که در پشت داشت مسخره‌اش می‌کردند، چند وقت بعد از این ماجرا و در حالی که تنها ۲۹ سال داشت در ۶ مرداد ۱۳۰۳ درگذشت.

- واوا! چه غمناک... ۲۹ سالگی!؟ فکر کن همسن من وتو!

دفترچه را بست و توی کیفش گذاشت. اعضای هولوبند یک به یک روی سن می‌آمدند. حضار ایستاده و با هوار جیغ و فریاد و سوت استقبال‌شان کردند. همه که پشت سازهای‌شان قرار گرفتند نوبت دو خواننده‌ی خوش بر و روی اصلی گروه بود که پشت سر پسرک خجالتی جنوبی مبادی آدابی که شب‌ها

برای عروسی عروسک‌ها، دومین تئاتر حرفه‌ای‌ش که اتفاقن خوب هم گرفت و خوب هم فروخت و خوب هم جایزه درو کرد، موسیقی زنده می‌نواخت، بیایند روی سن. فریادها سقف آسمان را شکافت. چشم‌های پسر که توی جمعیت به او افتاد، لبخندش واقعی شد. بوسه‌ای از اعماق برایش فرستاد. دو دختر ردیف اول، حالا بیشتر به تاکسیدرمی شباهت داشتند تا موجود زنده.

نه صفر نه یک

چیزی پیشِ آن یا پسِ این یا امری بین‌الامرین

اوایل امرداد است... ۱۳۰۳... دارم می‌روم اتاق عمل... روی برانکاردی نه خیلی راحت خوابانده‌اندم و دو مرد دارند مشایعتم می‌کنند. نگاهم به سقف نم‌زده و بیش از حد سفیدی است که ترک‌هایش جلوی چشمم رژه می‌روند. اطبا گفته‌اند عمل روی ستون فقرات عمل سخت و پیچیده‌ای است و احتمال خطرش بالا. البته که رضایت خود را اعلام نموده‌ام. کارم را کرده‌ام. نقشم را زده‌ام. باکی ندارم. ۲۹ساله‌ام. نه خیلی زیاد است و نه خیلی کم. حالا که دارند می‌برندم به جایی که شاید برگشتی از آن نباشد، فرصت دارم تا بیشتر به یاد بیاورم. راه سنگلاخی که طی کردم و مسیر صعبی که پیمودم. تیغ‌هایی که به پایم رفت و زخم‌هایی که بر تنم خورد و ترکه‌هایی که به روحم زده شد. می‌دانم فایده‌ای داشته است. حتما داشته. کارهایی که کردم را بعدها و بعدترها می‌نویسند و در مطبوعه‌ها چاپ می‌کنند و توی مدرسه‌ها می‌گویند و توی سینماخانه‌ها نمایش می‌دهند. روزی خواهد رسید. می‌دانم...

مهم نیست پدرم که بود و نصبش به که می‌رسید و موسس چه بود و حتما مهم نیست که همسرم هم. گرچه از هر دو بسیار آموختم. از پدر، تلاش و مبارزه علیه استبداد را و انسانیّت و خردگرایی و حقوق عامهٔ و خاصّه و وطن‌دوستی و منورّالفکری و از همسر، احترام و عشق و زبان فرانسه و ادبیات و آزادمنشی.

مهم اما این است که در سال‌های پایان قرن سیزدهم خورشیدی که سایه‌ی ترس و استیصال و فقر و بلاتکلیفی و هرج و مرج و خرافه‌پرستی و زورگویی و قحطی و اسارت و نابسامانی، به لطف بی‌عرضگی و نالایقی و استبداد قاجار، بر سرای ایران پنجه انداخته بود، و هنوز هم چنگال خود را از این بوم برنداشته، نوجوانی و جوانی‌ام شکل گرفت، در مباحثه‌ی نظری و مجادله‌ی کلامی و کسب دانش و مطالعه‌ی جماعت و اندیشیدن، به خاصه در باب وضع اسفبار زنان در ایران و مقیاس آن با زن در جوامع مترقّی. در روزهایی که زن را نه اجازه‌ی پا گذاشتن به بیرون از خانه بود و نه مِیل آن و نه رسم آن.

دارند می‌برندم و فرصت فکر کردن و تصویرسازی هرآنچه کردم و گفتم نیست آنقدرها. می‌روم به دهم بهمن‌ماه دو سال پیش، ۱۳۰۱. روزهای قبلش به شخصه از اولیاء و جمعی از بانوان منورالفکر خواسته بودم برای نظارت بر امتحان دانش‌آموزان مدرسه‌ام، مدرسه‌ی دخترانه‌ی شماره‌ی ۳۵ دولتی، بیایند و آمدند و امتحان را هم به خوبی برگزار کردیم. اما بعدش، همان‌طور که قبلا هم فکرش را کرده بودم، جمع‌شان کردم و برای‌شان به ایراد سخن پرداختم. از ترقّیات محیرالعقول اروپا گفتم و وضع نسوان ملل فاضله را با وضع نسوان ایرانی مقایسه کردم و از عواقب عدم معارف نسوان و خطراتی که برای آینده‌ی مملکت و ایران دارد گفتم. اینکه باید بیشتر بدانیم و معرفت بیاموزیم و هم‌جنسان خود را بیاموزانیم. البته آنچه فکرش را کمتر می‌کردم این بود که اشک‌هایم جاری شود و آن حسّ درونی‌ام آنطور قلیان صوری یابد و البته اینکه همان‌روز، بانوان ترقی‌خواه، خواسته‌ام را اجابت کنند و با من پیمان ببندند که برای پیشرفت مقاصد مقدسّه از هیچ فداکاری خودداری ننمایند.

همان عهد هم بود که با وَجد من و پیگیری دوستان منورالفکر، منجر شد به شکل‌گیری جمعیت نسوان وطن‌خواه ایران، بزرگترین دستاورد من در طول

زندگی تا اینجا کوتاهم و البته بزرگترین دستاورد نسوان ایرانی در طول قرون. بله! ما بنیان‌گذاران و اعضای اولیه‌ی جمعیت، از اشراف بودیم و برخاسته از خانواده‌های اعیان تهران، به مانند تمام انجمن‌های نسوان در عصر مشروطه، اما آنچه ما را خاص می‌کرد و مختص، سوگیری اجتماعی و گستردگی فعالیت‌ها و برنامه‌ها بود به سمت و سوی زنان اقشار محروم و زحمت‌کش اجتماع. ما آمده بودیم نه برای تجمع و خدمت به اشراف‌زادگان و زنان توانا و جامعه مرفّه، که برای انجام اموری تا از مشکلات زندگی همه قشر نسوان بکاهیم مخصوص آن زنان ضعیف‌تر و نادارتر و بی‌سوادتر. همان نکته‌ای که در تمام تشکّل‌های زنان تاکنون نادیده گرفته شده بود تا جایی‌که یادم نمی‌رود جعفر پیشه‌وری هم نوشته بود: *در حال حاضر ماهّیت نهضت زنان ایران بورژوایی است. اگر هم سمت و سوی انقلابی در این نهضت دیده می‌شود چیزی جز آزادی رفت‌وآمد به خیابان و سالن‌های تئاتر و دستیابی به حقوق سیاسی نیست. مطلقا به وجود زنان کارگر و زحمتکش باور ندارند و تشکیلاتی برای دفاع از منافع این جمعیت عظیم به‌وجود نیامده است.*

و راست هم می‌گفت که تا پیش از جمعیت نسوان وطن‌خواه ایران، نه آن یک چهارم جمعیت زنان ایرانی که کارگر بودند و نه آن بخش عظیم‌تر که در پستوخانه‌ها پنهان شده بودند هیچ طرفدار و انجمن و حامی نداشتند. انگاری همین دیروز بود که با همین دغدغه، روزها بابت برنامه‌ی جمعیت بحث و جدل کردیم و شب‌ها بخش بخش آن را می‌نگاشتیم. و نگاشتیم. از درخواست‌های عمومی که شامل حال نسوان همه قشر و طبقه‌ی جامعه می‌شد مانند ترویج معارف، تهذیب اخلاق، حفظ حقوق نسوان، تزریق احساسات ملی و وطنی به جامعه‌ی ایران، مبارزه با جهالت تمامی زنان، ترک اشیای تجملی و تشویق به استفاده از منسوجات وطنی تا برنامه‌های مختص به اقشار محروم مانند تاسیس

دارالصنایع و باغچه‌ی کودک برای نسوان بی‌بضاعت، شیرخوارگاه و یتیم‌خانه.

هنوز هم که هنوز است حتی مردان منورالفکر و جماعت حاذق اندیشمند از اینکه ما در آن اوقات، لزوم تجزیه‌ی خون و اِعمال سایر معاینات طبّی قبل از تحقق ازدواج و تعیین سنّ ازدواج و جلوگیری از تعدّد ازدواج و محفوظ ماندن حقوق زنان و اطفال آن‌ها در موقع طلاق و تساوی حقوق افراد ایرانی اُناثا و ذکورا بدون لحاظ فرقه، نژاد، دین و ملیت و از همه والاتر حق رای زنان را در متن برنامه‌ها گنجانده بودیم، به حیرت می‌افتند. البته که پسرعمویم، سلیمان‌میرزا، که بنیان‌گذار انجمن سوسیالیست است، نقشی گران و مهم در مشاورت‌های ما داشت.

و آن ماجرای تا صبح نخوابیدن‌ها و بالا و پایین زدن‌ها برای طراحی کارت عضویت انجمن هم هیچ از یادم نمی‌رود. آن نشان حلقه‌ی بالدار ایران باستان و دستان حلقه‌شده‌ی زنان در آن که به پاس شکوه و عظمت سرزمین آریایی و فرّ کیانی و قدرت اهوارمزدا و به علامت اتحاد زنان منتخب کرده بودیم و آن شعرِ همیشه برای‌مان الهام‌بخش که روی کارت‌ها زده بودیم و نحله‌ی فکری و شاکله‌ی کلّی هدف‌های‌مان بود:

از بهر حق خویش می‌کوش ای زن
بنمای ز پاکی و شرف جامه به تن
از عام و هنر وجود خود زینت کن
تا مردِ نکو بپروری در دامن

و سختی‌ها کم نبود که ازدیاد آن، تاب و توان‌مان را گرفته بود. ما که معتقد بودیم قبل از هرچیز باید خانواده را اصلاح کرد و مادران آزموده را تحویل جامعه داد و این رستاخیز را هم باید از طبقه‌ی پایین آغاز کرد، در برابر سنّت‌ها و محدودیت‌های دست و پا گیر اواخر قاجار. ما که شعار می‌دادیم باید زنان

فاقد پرورش و آموزش را بدون پیرایه، جمع کرد و برای‌شان سخنرانی نمود و با مِهر به آن‌ها فهماند دنیا و جامعه از آن‌ها چه می‌خواهد، در مقابل مردسالاری و تعصّبات بی‌پایه‌ی پیرامون. هر هفته جلساتی برگزار می‌کردیم و با کارت دعوت و یا حتی اعلان روزنامه، خانم‌های معظّمه‌ی وطن‌دوست را جمع می‌کردیم و از ترقّی علمی و ادبی نسوان می‌گفتیم و یا در هر محفلی و مهمانی و دورهمی، با نطق و سخنرانی، حقوق حقّه‌ی زنان و دختران را یادآور می‌شدیم. اما این تلاش‌ها نه تنها حکومت و دولت و نظمیّه را خوش نمی‌آمد که رجال سیاسی و مردان کوچه و بازار و مَنابر و حتی طبقه‌ی دانشمندتر و ادیب‌تر را نیز پسند نبود و چه حرف‌ها که از خود زنان هم نشنیده‌ایم.
تا این‌که به خیال انتشار مطبوعه‌ی اختصاصی زنان افتادیم و به جدّ و جهد کوشیدیم تا توانستیم مجله‌ی جمعیت *نسوان وطن‌خواه ایران* را منتشر نماییم که شاید، مهم‌ترین دستاورد انجمن تا اینجای کار هم باشد. ما با هدف روشن شدن و تهذیب اخلاق و افکار و با خط مشی علمی، ادبی و اجتماعی، امتیاز مجله را با مدیریت ملوک عزیز از وزارت معارف اخذ کردیم و تاکنون سه نوبت آن را به چاپ رسانده‌ایم. اولین آن در زمستان سال پیش و دومین نوبه‌ی آن در اردیبهشت و سومین هم در خرداد. اتفاقات اخیر و مریضی من باعث شد شماره‌ی چهارم تاخیر افتد که اگر عمر من در این دنیا بود که به محض رهایی از بیمارستان، تا انتهای امرداد بیرون خواهد آمد. و ما چه خوشبخت بودیم که بهترین قلم به دستان این جامعه حاضر شدند برای مجله مقاله و مطالب بنویسند و معلومات و اطلاعات یکتایی را بنگارند. چه نسوان مطلع و دانشمند و ادیبی چون پروین اعتصامی، بزرگ شاعره‌ی قرون، و چه نورالهدی منگنه و عفت‌الملوک خواجه‌نوری و مه‌لقا برهان و مستوره افشار و فخرآفاق پارسا و چه رجال نویسنده و توانمندی چون ایرج اسکندری و یحیی میرزا و نظام‌وفا

کاشانی و مودب‌السلطنه وزیری و نورایی و خواجه‌نوری و مرتضوی و هدایت. و چه مطالب موثره و دانش‌مندانه و چه نوشته‌های تربیتی و آموزشی و پرورشی. هیچ یادم نمی‌رود آن مطلب پروین اعتصامی را که چه صداها کرد و چه‌قدر برایش استنطاق شدیم و چه اعتراض‌ها و شکایت‌ها شنیدیم اما چه‌قدر به شخصه دوستش دارم و در هر فرصت دوباره خوانی‌اش می کنم و شاید هم بُریده‌اش الان توی وسایلم باشد. آنجا که:

- *اگر قرن‌های گذشته زبان و بیانی داشتند به شما می گفتند که زن در بیچارگی و درماندگی چه مراحل پیموده و در روزگار ظلمانی چه رنج‌ها برده است. عصر وحشّیت مابین زن و حیوان فرق نمی گذاشت. ادوار جهالت، زن را چیزی از قبیل اثاث‌البیت می‌شمرد و هروقت می‌خواست آن را دور می‌انداخت و می‌فروخت و می‌بخشید. زن به مرور زمان به پایه‌ی طفل غیر ممیز رسید. بازیچه شد که خوشوقتی و تفریح صاحب خود را فراهم می‌نمود. مجسمه‌ی بی‌اراده شد که جامه‌ی اسارت می‌پوشید و در خواب غفلت می گذرانید. تاریخ زن، داستانی است پر از شداید و در ازمنه‌ی قدیمه، عامه‌ی مردم، زن را حقیر شمرده به کراهت و تنفر در وی نظر می کردند. سران و بزرگان قوم، قفل خاموشی بر دهان زده به حمایت نسوان توجه نمی‌نمودند. شعرا جمال ظاهری زن را ستوده و زن را شیطان قشنگ، چشمه‌ی مسرّات زهرآلود، سم قاتل نوع انسانی می‌نامیدند و حکمای یونان با کمال سادگی، زن را بلای عالم می‌خواندند. قرن نهم میلادی، در یک مجلس مذهبی و در حضور شارلمانی، زن را به القاب منادی قباحت گناه و نیش عقرب و جنس مضمر و موذی معرفی کردند. در یکی از ادعیه‌ی یهود، مرد می گوید: "خداوند لا یزال را شکر می کنم که مرا*

زن خلق نکرد." کلدانی‌ها مزاوجت را نوعی تجارت فرض کرده و دختری را می‌فروختند و زنی را اجاره می‌نمودند. مصری‌ها برای فراوانی آب، دوشیزه‌ای را به زر و زیور آراسته در رود نیل غرق می‌کردند. در بعضی قرای هند، هنوز دخترها را زنده دفن می‌کنند و برای استرضای خاطر گالی، از خدایان هند، دختری آبستن را سر بریده و خونش را به قربانگاه پاشیده و سرش را به حضور معبود ببرند. بوسوئه، اسقف فرانسوی بیان کرده: "زن از دنده‌ی زائد پهلوی مرد خلق شده و به این سبب از فهم و ادراک بی‌نصیب است." اما نهضت نسوان به ما مژده می‌دهد که تمدن مریض بهبود خویش را خواهان است. بعد از کلمات تلطّف و عطوفت و رحمت حضرت مسیح به زن، و شارع مقدس اسلام که نسوان را از مذلت و گمنامی رهایی بخشید و از این وقت، زن در هیئت اجتماعی مقامی یافت و حقوقی به دست آورد؛ زن متدرجا به مرکز حقیقی خویش نزدیک می‌شود. هرجا نسوان در وظایف و مساعی عمومی خود اشتراک داده شده‌اند جرائم روی به نقصان نهاده، مصائب تقلیل یافته، و در امور اجتماعی، انتظام و آسایش کلی مشهود شده است. هوگو شاعر معروف می‌گوید: "قرن بیستم، قرن زن است". راست گفته است.

وظیفه‌ی زن و مرد، ای حکیم، دانی چیست
یکیست کشتی و آن دیگریست کشتیبان
چو ناخداست خردمند و کشتیش محکم
دگر چه باک ز امواج و ورطه و طوفان
به روز حادثه، اندر یم حوادث دهر
امید سعی و عمل‌هاست هم ازین، هم ازان

دارند من را می‌برند. می گویند این نقص پیش‌آمده در کودکی، با کار زیاد و تلاش و فعالیت اجتماعی و آسیب‌هایی که از مردم کوچه و بازار رسیده، تشدید شده و به این روز انداخته‌ام. ضعف شدید بدنی دارم و حتی دیگر توان ایستادنم نیست. چند روزی را در این مریض‌خانه‌ی نسوان گذرانیده‌ام و با اطبا به گفتگو نشسته‌ام. پیشنهادی دادند که در همان اول رضایتم را اعلام کردم. هرچند اخطار داده‌اند که خطر فوت دارد و احتمال هست که از زیر عمل زنده بیرون نیایم. اما برایم مهم نیست. کارم را کرده‌ام و توفیقاتی حاصل شده و هرچند امیدی بر تحولی به فوریّت در اوضاع نسوان ایران ندارم و آن ترقّیاتی که مد نظر داشته‌ام را تا سال‌ها و دهه‌های بعدی هم هیچ زن نخواهد دید، اما آتش را روشن کرده‌ام و مسیر را نشان داده‌ام. می‌خواهند کمرم را گچ بگیرند شاید ستون فقراتم اصلاح شود. در کودکی، به‌خاطر آسیبی، یکی از مهره‌هایش شکسته و در طول زمان، این وضع را بر من ساخته است که شبیه گوژپشت‌ها شده‌ام. درد عضلات و استخوان‌ها و درد نیش و کنایه و سُخره‌ی نادانان. مهم نیست. هر دو را سال‌ها تحمل کرده‌ام. بعد از آن ماجرای سوزاندن جزوه‌ی سخیف *مکر زنان*، کمتر روزی بود آرامشی بیاید و آسایشی برود. حتی بیرون رفتن و در مجامع بودن هم برایم دشوار شده و آزارهای کلامی و رفتاری رجال بی‌سواد عقب‌مانده کم نیست. به خصوص بعد از اتفاق *تیاتر عروسی* در خانه‌ی کوچه‌ی وزیردفترِ نورالهدی منگنه و آن رخ‌دادهای کَریه بعدی‌اش، چه ناتوانی آژان‌ها در کنترل اوضاع و چه حمله‌ی وحشیانه‌ی اوباش به داخل خانه‌ای که همه زنان بی‌دفاع بودیم و ارعاب و هراسی که بر جان نشست و کتک زدن نوکران خانه و مضروب کردن‌های بعدش. گرچه در جامعه‌ای که زن و مرد باید از هم مجزا و هر یک از یک‌سمت خیابان حرکت کنند و مردی حق ندارد با مادر یا خواهر خود متفقا از یک طرف خیابان عبور

کند و پیاده‌روی سمت چپ مخصوص رجال و سمت راست مخصوص نسوان است و مردی حق ندارد در درشکه با هیچ زنی ولو از محارم، متفقا سوار شود و آن ماجرای کودنانه‌ای که مردی را به‌خاطر صحبت با خواهر خود در لاله‌زار، به نظمیه جلب کردند و پنج تومان و دو قران جریمه‌اش کردند، این موارد تعجبی بر نمی‌انگیزد. حتی وقتی بچه‌های کوچه‌ها و شوارع به هنگام گذر و عبور من، بر سرم خاک و زباله می‌ریزند یا سنگم می‌زنند، که انصافا درد کمرم را مضاعف می‌نماید، و در هر مسیری رجال دشنام و ناسزایم می‌گویند و مرا کافر و زندیق می‌خوانند که آمده‌ام حیا و عصمت و دین و شرعیّات زنانشان را بر باد دهم؛ بازهم تعجبی برنمی‌انگیزاند و اهمیتی برایم ندارد.

ما اولین مدرسه‌ی اکابر زنان را در تاریخ این کشور تاسیس کرده‌ایم و این است که برای آیندگان اهمیت دارد. برای مادران امروز و مادران فردا. مدرسه‌ای که سال گذشته با یک کلاس کوچک شروع شد و حالا برو و بیایی دارد. هرچند اولش آن را فتنه می‌خواندند و سرمنشا فساد در جامعه، اما با نظر مساعد برخی علمای دینی و روحانیون، در پرورش و آموزش و سواددار کردن زنان هم‌پای مدارس دخترانه، نقشی مهم دارد. ما باعث شدیم نسوان، حتی در اعیان و اشراف که لباس فرنگی را افتخار می‌دانند، از البسه و پارچه‌ی وطنی استفاده کنند و بر ملیّت خود ببالند. ما ....

فکر می‌کنم به اتاق عمل نزدیک شدیم و من نمی‌دانم کالبدم را از آن چگونه بیرون می‌آورند؟ زنده یا مرده. اما اگر می‌خواهد دردم و عارضه‌ام و نقصم التیام نیابد و درمان نشود، مِیلی به زنده آمدن از آن ندارم. حسرت‌هایم کم است و زیاد. همه کار کرده‌ام و هیچ کار نکرده‌ام. نمی‌دانم تا دو سه ماه دیگر زنده هستم تا *آن‌ماری فُن ناتازیوس* را ببینم یا نه؟ چون داریم از طریق *سعید*

نفیسی نفیس‌القدر، مقدمات سفر این بانوی نویسنده‌ی آلمانی و از مترقی‌ترین ادبا و فعالان حقوق نسوان را به تهران فراهم می‌کنیم تا برای زن ایرانی سخنرانی کند و از تجربیات مستقیم خود در توسعه و ترقی و معارف زن بگوید. یا حتی تا یک ماه دیگر که مجلد چهارم مجله را منتشر کنیم یا حتی هفته‌ای دیگر که باید کار دوباره سازی کلاس‌های اکابر و مدرسه‌ی دخترانه را شروع کنیم. اما می‌دانم کارهایی که کردم را بعدها و بعدترها می‌نویسند و در مطبوعه‌ها چاپ می‌کنند و توی مدرسه‌ها می‌گویند و توی تیاترخانه‌ها نمایش می‌دهند. روزی خواهد رسید. می‌دانم...

صفر

دست برد لای کتاب‌ها. بوی کاغذ کاهی و چاپ سنگی زد توی مشامش. هیچ چیزی را بیشتر از اینکه سرش را بکند لای کتاب‌ها و کلمات‌شان را قورت دهد و جملات‌شان را بجَود و صفحه‌های‌شان را بنوشد، حالش را خوب نمی‌کرد آن‌هم در این روزهای بی‌یاری. با اینکه میرزا ابراهیم‌خان، به اندازه‌ی کتاب‌هایش، صفحات گرامافون داشت و می‌توانست به عنوان تنها کسی که در خانه‌شان می‌تواند صدای طاهرزاده و نصیرخانی و دوامی و رضاقلی‌خان گوش کند و تمام وقتش را در آوای تار اسداله خان و کمانچه‌ی رامشگر و پیانوی هنگ‌آفرین و پیانوی حبیب‌الله غرق شود، ترجیح می‌داد برود سراغ کمد کتاب‌های پدر و هر روز خودش را با کتاب جدیدی غافلگیر کند و تا تمامش نکرده، پای از خانه بیرون نگذارد. که البته نای پای گذاشتن در کوچه‌ها را هم نداشت. چطوری می‌توانست توی هوایی قدم بزند که از عطر نفس زینت خوش‌بو نشده؟ چجوری روی زمینی راه برود که گرد گام‌های زینت آن را تزیین نکرده؟ چگونه نگاهش به چیزهایی بیفتد که برق چشمان زینت درشان بازتاب ندارد؟

دستش از روی *نوادرالوقایعِ* احمد دانش و *مجمع الفصحای* رضاقلی خان هدایت و *رساله‌ی مجدیه* مجدالملک و *آیینه‌ی اسکندریِ* میرزاآقا کرمانی رد شد. نگاهش از ترجمه‌های محمدعلی فروغی، *اصول علم ثروت ملل* و *آداب مشروطیت دول* گذشت و *تاریخ سلاطین ساسانی* و *تاریخ مفصل فرانسه* و

تاریخ مختصر ایران و تاریخ عمومی عالم را هم قبلن خوانده بود. بخش مورد علاقه‌اش را هم از نظر گذراند که شامل اتللوی شکسپیر بود به ترجمه‌ی ناصرالملک و انحطاط و سقوط امپراتوری رم گیبون به ترجمه‌ی میرزا رضا مهندس و میشل استروگف ژول ورن به ترجمه‌ی اوانش خان و بوسه‌ی عذرای جرج رینولدز که سیدحسن صدرالعلمای شیرازی ترجمه‌ش کرده بود. خیلی به کتاب‌های امیر نظام گروسی و اعتمادالسلطنه و میرزا حبیب اصفهانی توجهی نکرد. چشمش خورد به برگه‌ی کادر شده‌ای که ابراهیم‌خان در نهایت احترام و مراقبت، بین کتاب‌ها و طوری که از هر جهت اتاق دیده شود، گذاشته بود. شعری به خط خود عارف قزوینی که در یکی از مهمانی‌های شعرا که پدرش، به خاطر حَشر و نشر با برخی اهالی ادب به آن‌ها راه یافته بود، شخصن و در حضور جمع برایش خوشنویسی کرده بود:

چه کج رفتاری ای چرخ

چه بد کرداری ای چرخ

سر کین داری ای چرخ

نه دین داری نه آیین داری ای چرخ

رفت به سمت کتاب‌های شعر. کنار دیوان ادیب الممالک فراهانی و آن سوتر از تصحیحات سیاست‌نامه و مرزبان نامه‌ی میرزا محمد قزوینی، دستش دو کتاب را لمس کرد. لیلی و مجنون و خسرو و شیرین که هر دو را وحید دستگردی تصحیح کرده بود و او بارها خوانده بودشان. سرگذشتش خیلی به خسروپرویز شباهتی نداشت اما قطعن می‌توانست گزینه‌ی خوبی برای ایفای نقش مجنون باشد اگر قرار بود دیوید وارک گریفیث کارگردان تولد یک ملت فیلمش را بسازد. حتی می‌توانست نقش فرهاد را در بازسازی احتمالی استوارت پاتون سازنده‌ی بیست هزار فرسنگ زیر دریا خیلی خوب از آب

دربیاورد. فکری شد شاید بهتر است وامق هواخواه عذرا باشد و رابرت وینه کارگردان *مطب دکتر کالیگاری* داستان خوفناکی از آن را بسازد و یا سلامانی در پی آبسالان که فرد نیبلو کارگردان *خون و شن*، عاشقانه‌ای پرگداز ازش دربیاورد یا رامین جویای ویس که ویکتور شوستروم فیلمی حماسی‌ش کند. البته یک لحظه بدش نیامد بیژنی باشد که چارلی چاپلین به سبک *زندگی سگی* یک کمدی بزن بکوب غصه‌دار از توی معاشقتش با منیژه دربیاورد.
در همان حال و هوا بود و خودش را می‌گذاشت جای تمام عشاق بی‌وصال و بدفرجام تاریخ، از تریستان و ایزولد فرانسوی و رابعه و بکتاش عرب و سامسون و دلیله‌ی یونانی تا رومئو و ژولیت انگلیسی و یوسف و زلیخای مصری و جهانگیر ایرانی با نورجهان هندی، که صدای پرتاب چیزی در حیاط بزرگ خانه‌شان بند عاشقیت‌های خیالی‌ش را درید و رخت بدفرجامی‌های فکری‌ش را ریخت کف اتاق. به ظن اینکه نکند باز گربه سیاهی برای گرفتن ماهی‌های قرمز حوض آبی‌شان توطئه می‌چیند یا کلاغ سیاهی قصد جوجه زردهای تازه رسیده مرغ حنایی‌شان را کرده، پرید توی حیاط. هر چه چشم کشید از هیچ سیاهی گربه و کلاغی خبری نبود و ماهی قرمز و جوجه زردها هم با احساس امنیت کامل توی آب و خاک، وول می‌خوردند. به خیال این که افکار عشقی چراغ توهمش را روشن کرده، خواست به سراغ کتاب‌ها برگردد و این‌بار برود سراغ اشعار ایرج میرزا و نه آن فکاهیاتش، که اتفاقن آن شعرهای تند وتیز سیاسی و اجتماعی‌ش مثلن که *رعایا جملگی بیچارگانند؛ که از فقر و فنا آوارگانند، تمام از جنس گاو و گوسفندند، نه آزادی نه قانون می‌پسندند*، که نگاهش خورد به چیز گُله شده‌ی توپ مانندی کوچک کنار بوته‌ی انجیر. جلوتر رفت و به خیال اینکه تکه بمبی جامانده از جنگ جهانی اول باشد که آنجا افتاده! با احتیاط وارسی‌ش کرد. قلوه سنگی که دورش کاغذی درب و

داغان پیچیده و آن را به زور طنابی نازك نگه داشته بود. آسان طناب را باز کرد و تکه کاغذ را، اما با خواندن دو کلمه‌ای که درشت روی آن نوشته بود، یخ زد. قلبش ایستاد. آسمان رویش آوار شد و زمین زیر پایش خالی. خط زینت را از دو فرسنگی تشخیص می‌داد، آن خطی که انگار حروف تویش می‌رقصند و نقطه‌هایش تاب می‌خورند و الف‌هایش پای می‌کوبند و یاهایش خلسه می‌روند. اما این خط، این نوشته، این پیام، نه نشانی از رقص داشت و نه پایکوبی. خط ترس بود و غم، خط تشویش و هجر.

زود بیا

کاغذ را همان‌طور توی جیبش مچاله کرد و با همان پاپوش ساده و لباس دم‌دستی که توی خانه می‌پوشید، زد توی کوچه. مهم نبود در و همسایه بگویند بلخره پسر ابراهیم‌خان مجنون شد و عقلش زایل، مهم این بود که زودتر برسد و جلوی اتفاق بد را بگیرد. اتفاقی که بارها بهش فکر کرده بود و با اینکه آقاخان را مردی نمی‌دید که بخواهد این فقره بلاها سر دخترش بیاورد، حدسش را می‌زد به هرحال حرف مردم کارش را بکند. به سرعت به سمتی دوید، آن‌قدر سریع که حتی مه‌لقا را ندید که داشت دستش را که بخاطر پرتاب بلند قلوه سنگ از کتف درد گرفته بود می‌مالید. دخترك که نیم‌ساعتی نمی‌شد پیام را از زینت گرفته بود و داشت کلی به خودش غر می‌زد که چرا وسط این معرکه شده پیغام‌بر و نامه‌رسان، همان‌طور که محمدصدرا به آن تندی از کنارش گذشت، با خودش فکری شد که این پسر با لباس توی خانه هم چه جذاب است لاكردار!

یک

خنکای وسط بهار بود یا خنکای گرد خاطره که می‌زد توی صورتش. عرق پیاده‌روی طولانی بود یا عرق شرم و آزرم که از پیشانی‌ش می‌زد لای جعد گیسوانش. اشک سوزِ دَم دمای غروب بود یا اشک شوق که گوشه‌ی چشمانش را مرطوب کرده بود. ماهی یک بار نذر داشت یا قرار یا تعهد یا قول یا اجبار یا شرط یا عادت یا هر اسمی که شما دوست دارید، که تجریش تا راه‌آهن را پیاده گز کند، و البته که سه ساعت و نیمی طول می‌کشید- و تهَش هم آش و لاش و درب و داغان و له و لورده و کوبیده، اولین اتوبوس جلوی میدان راه‌آهن را سوار شود و یک ساعتی بی‌هدف و بی‌مقصد بخوابد- معمولن هم وقتی به پارک ساعی می‌رسید یا احتمالا میدان ولیعصر یا حتمن چهارراه جمهوری، به خودش ناسزا می‌گفت و به سر تا پایش بد و بیراه می‌فرستاد و جد و آبادش را فحش باران می‌کرد و به همه تصمیمات زندگی‌ش لعنت می‌فرستاد و حتی میدان منیریه که دیگر تصمیم می‌گرفت بزند زیر همه چیز و دربستی بگیرد و برود لُخت بیفتد توی تختش و سال‌ها بیدار نشود. حالا شما سوز سرمای مردافکن دیِ تجریش و گرمای سوزنده‌ی تیرِ راه‌آهن و آلودگی خفه‌کننده‌ی مهرِ قزوین و شلوغی منزجرکننده‌ی اسفندِ مولوی و گشت ارشاد سه‌پیچ مردادِ ونک و دستفروش‌های رقت‌انگیز خردادِ پارک‌وی و شبه انتلکتوئل‌های سیگاری اردیبهشتِ تئاتر شهر و پولدارنماهای متهوع شهریورِ

پل رومی و دختران خیابانی دنبال مشتری مهرِ پارک دانشجو و تکه‌پرانی‌ها و چشم‌چرانی‌ها و پیشنهادهای جنسی و آزارهای کلامی و تنه‌زدن‌های غیرعمد و مالیدن‌های عمد و کیف‌قاپی و موبایل دزدی و نزاع خیابانی و لگدهای پلیس ویژه و مُشت‌های آمران به معروف و مخلوط بوها و صوت‌ها و تصاویر زننده و مشمئزکننده‌ی هر روز و هر ساعت و هر دقیقه را حساب نکنید. یا می‌خواهید هم حساب کنید. این یکی دیگر با خودتان.

اما این‌بار اما نه پارک ساعی به نفس افتاد و نه میدان ولیعصر پاهایش شل شده بود و نه چهارراه جمهوری داشت از حال می‌رفت و نه میدان منیریه به اجدادش فحش داده بود. حتی متوجه سرما و گرما و شلوغی و آلودگی و گشت ارشاد و دستفروش‌ها و فاحشه‌ها و علاف‌ها و انتلکتوئل‌ها و شوگرمامی‌ها و ناهیان از منکر هم نشده بود.

پسر خجالتی جنوبی مبادی آدابی که شب‌ها برای *عروسی عروسک‌ها*، دومین تئاتر حرفه‌ای‌ش که اتفاقن خوب هم گرفت و خوب هم فروخت و خوب هم جایزه درو کرد، موسیقی زنده می‌نواخت، ایستاد. جلوی یکی از همان آبمیوه فروشی‌های همیشه کثیف شلوغی که توی آب انارشان رنگ قرمز غیرمجاز می‌ریختند و توی آب پرتقال‌های‌شان طعم دهنده‌ی غیرمجاز و بستنی‌های‌شان را از کارگاه‌های غیرمجاز تهیه می‌کردند. اندکی بعدش و بدون اینکه نظری بگیرد یا سئوالی بپرسد یا حرفی بزند آب طالبی غرق در رنگ سبز لجنی و تکه‌های ریز یخ را، آن هم در آن عصر خنک اردیبهشتی، جلویش گرفته بود. همان‌طور که زیر برق رخشان مرطوب نگاه پسر، آب طالبی بدمزه‌ی بدبوی کثیف را هورت می‌کشید و مطمئن بود امشب از اسهال و استفراغ نخواهد خوابید -امشب قرار بود بخوابد؟!- به این فکر کرد که چه طور می‌شود دو ساعت و چهل و هفت دقیقه بغل به بغل یکی راه بروی و شانه‌به‌شانه‌اش قدم

بزنی و هزار بار به بهانه‌های مختلف توی صورتش که نه، توی چشمانش، آن صندوق‌های گنج و گنجه‌های راز و ریزه‌های زَر، زل بزنی و چشم از نوشیدن آن‌ها برنداری و حتی وقت‌هایی که سوز غریب غروب ریخت توی سلول‌هایت، دست گرمش را که انگار برای تو توی جیب پالتوی بهاری‌اش کادوپیچ و گرم انبار کرده بوده بگیری، اما کلامی حرف نزنی، سخنی نگویی، واژه‌ای رد و بدل نکنی و هیچ گفتی و گفتاری و گویشی نسازی. داشت رنگ سبز غیرمجاز را می‌داد توی حلقش یا حتی مِری و معده‌اش و فکر می‌کرد به اینکه کاش هیچ‌گاه هیچ کلامی نبود، کاش ساپِینس‌ها راه پدران نئاندرتال‌شان را می‌رفتند و هیچ حرف و واژه و آوایی را خلق نمی‌کردند، کاش این حنجره‌ی لعنتی تکامل نمی‌یافت، کاش حرف و کلمه و جمله مثل همان دُم از *انسان خردمند* جدا می‌شد...

قبلن خوانده بود حرف زدن، سرآغاز سوء تفاهم‌ها ست و حالا مطمئن بود حرف نزدن، سرآغاز عاشقیت‌ها. رنگ سبز غیرمجاز دیگر داشت توی روده‌هایش دست به اعمالی می‌زد که فکر کرد اگر زبانی نبود و واژه‌ای، چه قدر آدم‌ها واقعی بودند و عشق‌ها حقیقی و داستان‌ها هَپی‌اِند و سرخوشی‌ها ناتمام. چه قدر می‌شد روی برقِ چشم‌ها حساب باز کرد و صدای ریزِ تغییر نفس‌ها را جدی گرفت و خط لبخندها را باور کرد. اگر کلام نبود... دوباره سردش شد. آرام دستش را به سمت جیب پسر برد که بعد از نوشیدن آب طالبی، به سرعت برده بود توی جیب پالتوی توسی کم‌رنگش که برای روز مبادا گرم بماند. حتی تولیدی پوشاک معروفی که پالتوهای بهاری می‌دوخت هم فکر نمی‌کرد دو تا دست توی یک جیبب جا شوند.

صفرِ خیالی
یا پایانی که نویسنده دوست داشته روی داده باشد

زینت هر چه چشم کشید، صدرا را ندید. حتی به بهانهای تا سر کوچه آمده بود و کل محله را هم دید زده بود. نمیدانست باز مهلقا مشنگبازی درآورده و نتوانسته نوشتهاش را درست و حسابی توی حیاط ابراهیمخان بیندازد یا انداخته و صدرا ندیده یا صدرا دیده و نیامده. یک لحظه فکری شد نکند کسی مهلقا را دید زده باشد و ردّش را گرفته باشد و همان موقعی که نامه را داشته توی سنگ میپیچیده مُچش را گرفته باشد و الان هم در راه خانهی آنها باشد تا باز رسوایی به بار آورد. از فکر این که باز آقاخان را آتشین و سرخگونه ببیند، زبانش خشک شد. خواست خودش را مطمئن کند که مهلقا کارش را درست انجام داده و باز بین راه هوس چنبرخیارهای دکان آراس تُرکه را نکرده و باز عطر چلوهای خورشخانه یا بوی جگرهای نیمهپز شاهو کُرده از یادش نبرده که باید چه کند. مطمئن هم بود که اگر صدرا نوشتهش را بخواند سرسوزنی وقت را هدر نمیدهد و هرجور که هست خودش را میرساند. پس فقط ممکن بود نامهش افتاده باشد توی آن حوضی که آن صبح دلانگیز بهاری، چاقچورهایش را بالا زده بود و پاهای به قول انیس، زیادی سفیدش را توی آب گذاشته بود و گذاشته بود ماهیها دور رو بر انگشتان حناخوردهی به قول مونس، زیادی تراشیدهش چرخ بخورند. انگاری حواسش به قرمزترین

ماهی حوض بود که داشت دنبال سفیدترین ماهی حوض می‌کرد، اما خدا می‌داند چه جوری زیر چشمی تمام حرکات چشم و صورت صدرا را می‌پایید از وقتی چادر آبی تیره‌ش را روی تخت مفروش شده گذاشت تا گالش‌هایش را درآورد و چاقچورهایش را بالا زد. همان شب هم موقع خواب کُلی توبه و انابه کرد و دست به دامان بی‌بی سکینه شد که از خدا بخشش او را بخواهد که وقتی دیده بود چشم‌های صدرا را برق سفیدی ساق‌هایش زده، لایی دیگر به چاقچورها داده بود تا بالاتر بود و وسعت دید پسر را ازدیاد بخشد. شاید هم نامه‌ش افتاده بود زیر آن درخت انجیر کج و معوج اما پربار وسط حیاط که آن غروب دل‌فریب پاییزی، قایمکی با محمدصدرا از آن انجیر می‌چیدند و پسر برای دختر از هزار و یکشب می‌گفت و قصه‌ی شهرزاد و دنیازاد و شهریار را، اینکه قصه‌های شهرزاد شیرین‌بیان و خوش‌زبان، که سه سالی طول کشید و هر شب ادامه داشت و حتا در این مدت شهریار و دنیازاد سه پسر به دنیا آوردند و قصه‌گویی خواهر دنیازاد قطع نشد، چه جور بر تصمیمات شاه و زندگی مردم یک سرزمین اثر گذاشت و چه طور باعث زنده ماندن خواهرش و شاید خیلی دختران جوان دیگر شد. خوب به یاد می‌آورد صدرا همان‌طور که برگ‌ها را کنار می‌زد و روی پنجه می‌ایستاد تا میوه‌ها را بچیند زل زده بود توی چشمان به قول زلیخا، زیادی براق و درشتش و گفته بود *کل هزار و یکشب یعنی جادوی قصه‌ها، قصه‌هایی که می‌تونن جون آدم‌ها رو نجات بدن و سرنوشت یک سرزمین رو عوض کنن*، و البته همانطور که کنجکاوانه و شیطنت‌آمیز تصور می‌کرد شهرزاد موقع زفاف شهریار و دنیازاد هم داشته برایشان قصه می‌گفته، نفهمیده بود چه طور ناگهانی، محمدصدرا انجیر درشت رسیده‌ای را سُرانده بود بین لب‌های به قول فخری، زیادی سرخ و گوشتی‌ش و او همین الان هم داشت به متفاوت‌ترین طعم انجیر دنیا فکر می‌کرد، یا دروغ چرا، به

گرمای مانا و هُرم ماندگار انگشتان صدرا وقتی انجیر را توی دهانش گذاشته بود و خواسته یا ناخواسته، گوشه‌ای از لبان زینت را لمس کرده بود و داغی را فرستاده بود توی تک تک سلول‌های دختر. البته که هیچ‌وقت هم فرصت نکرد از صدرا بپرسد همه‌ی قصه‌ها می‌تونن جون آدم‌ها رو نجات بدن؟ و سرنوشت همه‌ی سرزمین‌ها رو عوض کنن؟

خواهرانش زودتر از بقیه سوار گاری اسبی نونَوار مشکاه‌الرعایا شده بودند و آقاخان هم داشت با سورتمه‌چی، حرف می‌زد. از آن چهره‌ی غمزده و شرمگین دیروزش خبری نبود. همان موقع که قیمت‌خاتون را در گوشه‌ای خوانده بود و آرام بهِش گفته بود شال و کلاه کنند که فردا صبح می‌روند ولایت پدری و مادرش هم فرصت نیافته بود بپرسد چرا الان؟ وسط پاییز که فصل ییلاق نیست و اصلن توشه‌ای تدارک ندیده‌اند و حتی می‌خواست بپرسد وسط این اَحشر و مَحشر زینت و صدرا. اما آقاخان گفته بود و رفته بود حجره که کارها را به ممدتقی پسر جلَب سیدرضا بسپارد. شبش هم قیمت سعی کرده بود برای دخترانش جوری که خیلی هم توی ذوق‌شان نخورد با قصه، بفهماند دارند برای همیشه از آن شهر می‌روند، زینت می‌توانست غصه‌ی چشم‌های مادر را ببیند از تَرک شهری که دوستش می‌داشت و در آن بزرگ شده بود و دوری بستگانش که دل‌بسته‌ی آن‌ها بود. غصه‌ای که ته تهِ‌َش داشت به شادی ختم می‌شد. خوشحالی از اینکه بین آن همه تصمیم راحت‌تر، شوی‌َش راه سخت اما درست را انتخاب کرده و جای گوش دادن به لُغز و متلک و خرده فرمایشات جماعت نادان، ترک دیار و بدنامی را ترجیح داده به آغشته شدن دستش به خون دخترش، یا حبس کردنش در زیرزمین، یا فلک کردنش جلوی چشم خلق الاه.

سوار شد و کنار مادر نشست. می‌دانست تمام آنچه دارد از وجود مادری است که شب‌ها هر چه یاوه که عوام کوچه و بازار توی مخ آقاخان می‌کردند، می‌شوید و می‌روبد و فکرهای هرز را می‌کَند و جایش بذر محبت و عشق می‌کارد. محکم در آغوشش گرفت. می‌دانست جانش را مدیون قیمت‌خاتون است. چند گاری که برای بردن اسباب و اثاث‌شان آمده بودند به صف شدند. آقاخان هم سوار گاری اسبی نونَوار مشکاه‌الرعایا شد. هیچ کس، مطلقن هیچ کس بدرقه‌شان نمی‌کرد. فقط اندکی پیش مرتضی‌قلی کاشانچی و میرزا ابراهیم آمده بودند و خداحافظی گرمی با آقاخان کرده بودند و او می‌توانست سربلندی و رضایت‌مندی پدرش را جلوی آن دو ببیند. گرچه خیلی دلش می‌خواست از میرزا ابراهیم‌خان، یواشکی، سراغ صدرا را بگیرد، مخصوصن وقتی جلویش آمد و مهربانانه دخترم صدایش کرد و زینت، تلالو خیسی در گوشه‌ی چشمش دید.

گاری اسبی نونوار مشکاه‌الرعایا آماده‌ی حرکت بود. زینت چشم از سر کوچه بر نمی‌داشت. غروب نزدیک بود و مسافران باید راه می‌افتادند. اما دل زینت جا مانده بود. سوار گاری اسبی نونوار مشکاه‌الرعایا نشده بود. توی کوچه‌های همین شهر، شیرین‌وار می‌چرخید. سرِ آمدن هم نداشت. شاید یک روزی بر می‌گشت و دلش را که آواره‌ی کوی و برزن شده بود می‌یافت. شاید هم دلش به وصلی می‌رسید که خودش در تمنای آن سوخته بود و ساخته بود. گاری اسبی نونوار مشکاه‌الرعایا به راه افتاد و صدرا نیامده بود. چه بدکرداری ای چرخ که حتی به قدر دیده‌ای یاری نمی‌دهی و تلخ‌ترین هجر را بر عاشقیت‌ها روا می‌داری. نمی‌خواست گریه کند و یا نمی‌توانست. اشک‌هایش هم وصل همان دلی بودند که با خود نیاورده بود.

اما محمدصدرا برق خیس آن چشمان سبز یا میشی یا توسی یا عسلی یا قهوه‌ای یا آبی یا سیاه را، دید. ساعتی بود کنار دیوار تکیه داده و به چشم خود، رفتن جان از بدن‌ش را نظاره می‌کرد. دور شدن زینت‌ش را. میرزا ابراهیم‌خان در تمام این مدت، دست پدرانه‌ش را روی شانه‌ی او گذاشته بود و در دل، با پسر اشک می‌ریخت. معلوم نمی‌شد چه قدری از این غم‌زدگی‌ش مربوط به *لیلین گیش* است و چه قدر مرتبط با سرنوشت تراژیک پسرش، اما سایه‌ی شکسته‌ش روی دیوار تا سال‌های بعد هم می‌ماند. صدرا رسیده بود و اتفاقن به موقع هم رسیده بود و تا آمده بود از سر کوچه بزند داخل و برود سمت خانه‌ی آقاخان، دست پدر را روی شانه‌ش احساس کرده بود. و میرزا ابراهیم‌خان بدون هیچ حرفی، و فقط با نگاهی، از آن نگاه‌های پدر و پسری تکرار ناشدنی، منصرفش کرده بود از این دیدار. و چه سخت و جان‌فرسا. چه ناگوار و صعب که هجران را ببینی و دم برنیاوری. اما نگاه پدر راست می‌گفت. آن دیدار، همه چیز را به هم می‌ریخت. همه چیز را عوض می‌کرد. رای آقاخان را، نظر زینت را، و از همه مهم‌تر جانش را. این جا، جای دلبری و معاشقه و چشم دوختن در چشم یار نبود، جای زجر و درد و دل بریدن از یار بود. صدرا بلند گریست. صدایش در اولین حرکت چرخ‌های گاری اسبی نونوار مشکاه‌الرعایا گم شد.

یکِ خیالی
یا پایانی که نویسنده دوست داشته روی داده باشد

گاری اسبی نونوار مشکاه‌الرعایا کم‌کم در آن گرگ و میش گرم ناپدید می‌شد. زینت همان‌طور که دست در دست دو خواهرش داده بود و سعی می‌کرد چشم از نگاه‌های سرزنش‌گر اما همیشه مهربان آقاخان بکِشد و خودش را یک طوری به چادر سفید گل‌دار قیمت‌خاتون بچسباند، سعی کرد آخرین تصویر صدرا را توی ذهنش حک کند، نقش بزند، بتراشد. نه آن صورت سرخ پریشان را وقتی پاسبان‌ها داشتند از پشت عمارت قجری می‌کشیدنش بیرون، بلکه آن چهره‌ی مردانه‌ی جذاب را وقتی برایش ماهورِ طاهرزاده می‌خواند یا *هاملت*ِ شکسپیر یا پیش پرده‌های *مرد و زن سیسیل ب دومیل* یا خبرهای *دختران فلاپر* در مجله‌ی کوزموپولیتن. گاری اسبی نونوار مشکاه‌الرعایا بدون آن‌که زینت متوجه باشد از زیر نقش و نگارها و کاشی‌کاری‌های سفید و آبی دروازه خراسان رد شد. هیچکدام از سواران متوجه جیپِ پُر قَزاقی که داشت از روبروی آن‌ها وارد شهر می‌شد یا پیرزن عاجزی که کمی دورتر، بساط گدایی انداخته بود و سه دختربچه‌ی قد و نیم‌قد نیمه برهنه و آفتاب سوخته و سراپا خاکی دورش که توی قلوه سنگ‌ها غلت و وق می‌زدند نشدند. گاری اسبی نونوار مشکاه‌الرعایا در آن گرگ و میش گرم ناپدید شد...

سالن منفجر شد. همراه با آخرین نُت موسیقی زنده و بیرون رفتن گاری از سن، صدای کف و سوت و جیغ بود که پاشید توی هوا. صدها تماشاچی در حالی

که زن‌های‌شان به پهنای صورت گریه می‌کردند و مردهای‌شان به ضرب و زور، جلوی غلتیدن اشک‌ها را گرفته بودند، ایستاده و تهییج شده و غرق در حس، بی‌پایان کف می‌زدند.

از گاری که به اقتضای نمایش، مردی قوی هیکل جای اسب سیاه مشکاه‌الرعایا آن را می‌کشید پایین آمد و بقیه‌ی بازیگرها دورش جمع شدند. اگر متوجه اشک توی چشم یکی دوتای‌شان نمی‌شدی، همه‌شان لبخندی عمیق بر لب و برقی خاص در چشم داشتند. دست دخترهایی که خواهرش بودند را گرفت و آمد وسط سن. بازیگران دیگر هم. آقاخان و قیمت‌خاتون و صدرا و گلی‌جان و میرزا ابراهیم‌خان و همه‌ی کسانی از سال ۱۳۰۲ به قالب نیم‌دایره‌ای به مرکزیّت زینت و در میان سوت و کف حضار و در بین باران گل‌هایی که پرتاب می‌شد، به تماشاچیان تعظیم کردند.

ایستاد. جمعیت را از نظر گذراند. هنوز باورش نشده بود توی یکی از اصلی‌ترین سالن‌های تئاتر پایتخت، اولین اجرای نمایش پر حرف و حدیثش را روی صحنه برده است. آن‌هم با این شکوه، با این جمعیت، با این استقبال. نه بازیگر چهره‌ای داشت، نه سینمایی‌ها را ریخته بود توی تئاتری‌ها! نه دست به دامان سلبریتی‌ها و اینفلوئنسرها شده بود و نه آنچنان تبلیغ و پروپاگاندی راه انداخته بود. به او تاکید کرده بودند خیلی بی‌صدا و چراغ خاموش و برای اینکه حساسیتی ایجاد نکند، شب‌های اول نمایشش را محدود برگزار کند، اما چه جور محدودی!؟ تمام صندلی‌ها پُر، دو ردیف پله‌های بین صندلی‌ها پُر و بغل دیوارهای چپ و راست سالن هم پُر.

تشویق‌ها قطع نمی‌شد.

خیلی تلاش کرد تا خودش در نمایشش بازی نکند، اما زینتی که می‌خواست را هیچ جوری پیدا نکرد و آنقدر هم مونا پیله‌اش شد که یک شب موقع تمرین

دید دارد مقابل صدرا دل می‌برد و با قیمت‌خاتون یکی به دو می‌کند و جلوی آقاخان چشم می‌دزدد. شده بود خود خود زینت. هم چهره‌اش به قول مونا بیبی‌فِیس بود و هم انصافن ماریا خوب جلوه‌ی دخترانه‌ای به صورتش داده بود و حالا انگار فقط /و را می‌شد در قامت زینت، صبیه‌ی ۱۵ساله آقاخان، دید. حالا دوسه سالی شاید بیشتر، چه فرقی می‌کند؟

تشویق‌ها قطع نمی‌شد.

تمام چندماه تحقیقات و بالاپایین کردن‌ها و جستجوهایش دنبال زینت یک طرف، این دو سه هفته تمرین یک طرف. اصلن شده بود زینت. رفته بود به صد سال قبل، توی آن خانه‌ی هشت‌دَری با پنجره‌های ارسی و سقف هلالی و اندرونی بزرگ و حیاط نیمه سنگفرش و دیوارهای آجر اُخرایی و حوض مربعِ کاشی فیروزه شده و گلدان‌های سفالی نقش‌دار و گل‌های صورتی و سرخ و درخت‌چه‌های انار و انگور و انجیر و بوی همیشگی عنبر و سنبل‌الطیب. می‌نشست پای قصه‌های امیرارسلان نامدار قیمت خاتون و توی خورجین آقاخان غلت می‌زد بین تخم گشنیز و ساقه‌ی میخک و گل زعفران و حبه‌ی سیر و برگه‌ی زردآلو و برگ سَنا و با خواهرهایش لی‌لی و زنجیرباف و روباه‌جوجه و وسطی بازی می‌کرد و عاشق می‌شد. تنها فرقش با زینت این بود که او ندیده عاشق شده بود! عاشق محمدصدرای ۱۷ ساله‌ای که از برادر کوچکش هم کوچک‌تر بود! حتی یک شب کل اینترنت را گشته بود و کلی تصویر قدیمی را زیرورو کرده بود تا بتواند تصویری خیالی یا چهره‌ای حدودی از پسر تجسم کند. اما فردایش از ظن اینکه نکند جدی جدی اروتومانیایی، هیپومانیایی، اختلال هویتی، دیستمی، چندشخصیتی چیزی گرفته باشد دو روزی را سراغ موبایل و لپ تاپش نرفت.

تشویق‌ها قطع نمی‌شد.

از آن بالا می‌توانست ببیند موفقیت، گرچه دیر، گرچه سخت، گرچه با زحمت، اما دارد بغلش می‌کند. پسر جوان چشم و ابرو مشکی و خوش سر و زبان صاحب کافه‌ی پایین مجتمع را می‌دید توی ردیف جلویی استاد بی‌شرم شل‌تنبانِ *نشانه‌های نمایشی* که بغل به بغل رئیس فوق‌دیپلم طیورِ اداره‌ی تئاتر کف می‌زدند و نیش‌شان تا بناگوش باز بود و چشم‌شان به طرز محسوسی خیس. حتی یک لحظه فکری شد پیرمرد توی مترو که نرم‌نرم خودش را به مانتوی مشکی ضخیمش می‌خزاند هم توی جمعیت دیده است.

تشویق‌ها قطع نمی‌شد.

پشت سر قیمت‌خاتون از روی سن خارج شد و و در حالی که مونا به طرز مسخره‌ای با چشم‌های اشکین و دهانی باز از خنده انتظارش را می‌کشید، خودش را انداخت توی بغلش.

صفرِ واقعی
یا پایانی که روی داده است

ختم دوسیه

با توجه به جمیع استنطاقات انجامی و راپورت مفتش و اقرار صریح شخص آقاخان مبنی بر قتل صبیه پانزده ساله اش زینت و روایت درست از شرح حادثه و چونیت انداختن مقتوله در نهر فیروزآباد به تاریخ ۳۰ برج اسد، فعل قتل وی محرز و واضح اعلام می شود. لیک با توجه به دوسیه قبلی مقتوله در محکمه باتهام ارتکاب عمل منافی عفت و اقامه دعوی مدعی عمومی و هم به حکم ولایت ولی بر صبی و صبیه، آقاخان به نفی بلد به مدت ۲ سال از سوی شعبه اولی محکمه جنحه طهران محکوم می شود. دیگر جزءهای حکم و برگ های استنطاق به الحاق است.

قاضی اصل

محکمه جنحه شعبه اولی

یکِ واقعی
یا پایانی که روی داده است

سناریوی قتل کارگردان تئاتر، پایانِ باز است؟

ماجرای قتل دختر ۲۹ساله‌ای که در عرصه تئاتر کارگردان مطرحی بود، همچنان درهاله‌ای از ابهام قرار دارد و بعد از گذشت دو ماه از پیدا شدن جسد او در دریاچه چیتگر، هیچ سرنخی از سوی پلیس به دست نیامده است.

به گزارش خبرنگار ما، ششم مردادماه خانواده‌ای که مشغول سپری کردن روز گرمشان در کنار دریاچه چیتگر بودند، متوجه جسدی در آب می‌شوند و فورا موضوع را به پلیس اطلاع می‌دهند. پلیس نیز با کمک آتش نشانی، جنازه را بیرون آورده و مشخص می‌شود وی مهسا *میرزاده* عشقی کارگردان جوان نمایش کشور و برنده جایزه بهترین کارگردانی از جشنواره فجر است که اخیرا با افشاگری علیه یکی از مدیران وزارت ارشاد و ادعای تعرض جنسی، مصاحبه‌های تندی انجام داده و حتی در تالار اصلی تئاتر شهر یک هفته تحصن کرده بود.

خبرهای تایید نشده قتل وی را با این افشاگری بی سابقه و تشکیل کمپین مهسا در اعتراض به ناامنی زنان شاغل در عرصه‌های هنری و اجتماعی مرتبط می‌دانند اما پلیس تمام این شایعات را رد کرده است. خبرنگار ما از منبعی موثق اطلاع کسب کرده که پای یک جوان کافه‌دار، یک آهنگساز و یک استاد دانشگاه هم در این پرونده مشکوک باز شده است. گزارش و عکس‌های اختصاصی را **اینجا** بخوانید.

پایان

پایان

پایان

پایان

پایان

پایان

انتشارات آسمانا (تورنتو) منتشر کرده است:

پژوهش‌های علمی و دانشگاهی

- Whispers of Oasis: Likoo’s Poetic Mirage, by M. Ganjavi, A. Fatemi and M. Alimouradi, 2024

- شب سیاه و مرغان خاکسترنشین؛ شعر نیما در دهه‌ی دوم ۱۳۲۱ ـ ۱۳۱۱، تالیف رامین احمدی، ۲۰۲۴
- حافظ و بازگویی، تالیف رضا فرخفال، ۲۰۲۴
- زنان کُرد در بطن تضاد تاریخی فمینیسم و ناسیونالیسم، تالیف شهرزاد مجاب، ۲۰۲۳
- شورش دهقانان مکریان ۱۳۳۲ ـ ۱۳۳۱ : اسناد کنسولگری، مکاتبات دیپلماتیک و گزارش روزنامه‌ها، پژوهش امیر حسن‌پور، ۲۰۲۲

تصحیح انتقادی

- رستم در قرن بیست‌ودوم (تصحیح انتقادی و مصور)، تالیف عبدالحسین صنعتی‌زاده (ویرایش م. گنجوی و م. منصوری)، ۲۰۱۷

شعر

- <u>شهروندان شهریور</u>، غزل از سعید رضادوست، ۲۰۲۴
- <u>آینه را بشکن</u>، شعر از نانائو ساکاکی، ترجمه مهدی گنجوی، ۲۰۲۴
- <u>عجایب یاد</u>، شعر از امیر حکیمی، ۲۰۲۳
- <u>کهکشان خاطره‌ای از غروب خورشید ندارد</u>، شعر از مهدی گنجوی، ۲۰۲۳
- <u>غریبه‌هایی که در من زندگی می‌کنند</u>، شعر از مهدی گنجوی، ۲۰۲۱
- <u>تبعیدی راکی</u>، شعر از علی فتح‌اللهی، ۲۰۱۸

داستان

- <u>فیل‌ها به جلگه رسیدند</u>، رمان از کاوه اویسی، ۲۰۲۴
- <u>مقامات متن</u>، رمان از مرضیه ستوده، ۲۰۲۴
- <u>انتظار خواب از یک آدم نامعقول</u>، مجموعه داستان از مهدی گنجوی، ۲۰۲۰

برای ارتباط با نشر آسمانا:

<u>Asemanabooks@gmail.com</u>

Asemanabooks.ca

Zinat

Vahid Zarrabi Nasab

Asemana Books

2024

-------------------------Asemana Books-------------------------